一万石の夢の跡

安保邦彦
Abo Kunihiko

風詠社

目次

第二章　大政奉還……34

第三章　明治新政府……47

終章……139

「一万石の夢の跡」に関する略図

苗木城の模型（遠山史料館展示）
①天守、②表方（広間・書院など）、③台所、④奥御殿・藩主住居

第一章　苗木藩

遠山友禄は十二代目の藩主

苗木《なえぎ》城址は、岐阜県中津川市苗木地区内を東西に流れる木曽川の右岸に周囲から見れば一段と高くそびえる小山にある。苗木地区は戦国時代の村から明治維新後、恵那郡苗木町になり一九五一年（昭和二十六）、中津町と合併、中津川町となり同町が翌年に市制を敷き中津川市となった。苗木城は一説によれば、戦国時代の一五二六年（大永六）苗木郷の遠山昌利が現在地に高森城を築いた。その後武田信玄と織田信長が対立する時代に遠山氏は両家と縁戚関係を結び両陣営と等距離を置いた。その後信玄が病没し信長も本能寺の変で急死、豊臣秀吉の時代になるが遠山氏は秀吉側につかず、遠山関係者は城を追われ徳川家につく。城を追われた十八年後の一六〇〇年に徳川家康が、遠山友政に苗木城奪還を命じこれに成功した。その功として家康は、友政に苗木領一万五百石を与えた上に川上、付知、加子母の裏木曽三カ村の代官を任じた。友政は、一六〇〇年から十九年間にわたり在位した初代苗木城主であった。

金沢・加賀の前田公が百万石、薩摩藩が七十七万石、尾張藩が六十一万九千五百石だから苗木藩がいかに弱小の藩であったかが分かる。幕末全国に一万石大名は、五十三を数える。しかしみな陣屋住まいで、城持ち大名は苗木藩のみであった。城を持つ大名は、城主と呼ばれたが、そうでない大名は領主となる。旗本は、九千五百石でも城は持てなかった。

ここで石高《こくだか》制について説明したい。江戸時代の徳川幕府は、貨幣の流通があまり浸透していないため米の生産量を基準として耕地に石高を決めていた。つまりどれだけ米が取れるかを決め米を年貢の形で徴収してきた。幕府と各藩は、百姓から村の責任で徴収する「年貢村請制」で集めた米を全国市場に投入して財政運営をしてきた。

幕府はどれくらいの収入があったかというと三代将軍家光の頃、直接支配している天領からの年貢が四百万石に加え将軍から俸禄をもらっている旗本の土地と合わせると七百万石だった。

水田以外の畑や屋敷は、米を作らないが耕作したものと仮定し石高を決めていた。つまり各藩は、石高分だけ年間に米の収入があるということになる。ちなみに一石は、十斗で約百五十キログラム、米一合の千倍である。一斗は米を量る桝《ます》の十杯分に相当する。一升ビン十杯分で十八リットル、重さは約二十キログラム、一升は十合である。

高森城を築いた遠山昌利と遠山友政との関係は定かではない。東海地方の藩はほとんどが一六〇〇年の関ヶ原の戦い以前に徳川側についた徳川幕府の親藩・譜代大名であるが、苗木藩は例外で関ヶ原の戦い以降徳川家に仕えた外様大名であった。苗木城は、別名高森城、あるいは秋が深まる頃に眼下の木曾川から立ち上る深い霧に包まれるため霞が城とも呼ばれる。

赤壁伝説

苗木城は全国の城でも珍しい城壁が赤壁で赤壁城としても知られていた。この地方に伝わる伝説によれば、苗木のお城は赤土の壁でほかの城のように表面を白く塗っていなかった。そこである時に壁を白く塗ることになり白く輝く城壁になった。が、その時空が突然暗くなり嵐になって一晩中風が吹きまくった。朝になり明るくなると城壁は元の赤壁になっているではないか。そこで再び白い壁に塗り替えたが、またもや黒い雲が垂れ込め豪雨とともに雷鳴がとどろいた。その時城のふもとにある木曽川から龍が現れ城の壁をぐるりと巻き込み鋭い爪で城壁を削り取ってしまった。龍の姿が消えると、壁は元通りの赤壁になっておりそれからは元通りの姿で月日を重ねた。恵那郡史は、苗木城について「日本中にたった一つしかない赤壁の城として有名だった」と記述している。

苗木城の城主は、初代の友政から明治維新まで十二代の友禄《ともよし》にわたり国替えもなく二百七十一年間続いた。参勤交代は、藩主の本妻と嫡子を江戸に置き藩主を江戸と本国に交代で往復させる制度。このため苗木藩は、江戸に上屋敷と下屋敷を設けた。上屋敷は港区の芝将監橋南にあり広さは二千九十九坪、下屋敷は渋谷区の麻布で五千五百五十三坪の広さがあった。一年は江戸に勤め次の一年は在所へ戻るこの制度は、在所に側妻《そばめ》、つまり第二夫人を置くため各大名は財政的に散財せねばならず幕府に反抗する力を蓄えないようにする効果があった。苗木城は岩山に囲われ利用できる平らな土地がないため岩に穴をあけて柱を立てるなどの工夫を凝らした。また天守台や大矢倉などは、岩を抱きかかえるように積まれた石垣が見られる。苗木藩には、恵那郡十四村、加茂郡の三十二村が属し一八二二年（文政五）で人口は二万二千二百四十四人、家臣団は藩士の上級者である給人が二十七人、これに中小姓と徒士百九人を加えた百三十六人を士族と称した。士族以下の足軽六十六人、中間八十四人、下男三十四人を合わせ百八十四人が卒族で士族とともに家臣団を形成していた。藩主は在所へ戻ってもその妻、子供は江戸を離れることはできなかった。苗木藩では、歴代藩主が江戸へ行く時は三月末に苗木を発ち、苗木へ戻る時は四月下旬に江戸を発っていた。一八三八年（天保九）十一月二十一日に十一代友寿が亡くなり最後の藩主となる後継者に嫡男友詳《ともあき》が継ぐことになった。一八四三年（天保十四）十二月六日に友詳と宮崎県の佐土原《さどわら》藩主の娘島津嘉子姫との婚儀が行われた。嘉子姫は、十三代将軍家定の正室篤姫の従姉妹にあたる。友詳は一八六五年（慶応元）四月に遠山友禄《ともよし》と改名しているが、今後は、十二代城主友禄と呼ぶことにする。

長きにわたる武家社会の歪み

江戸幕府は、一六〇三年（慶長八）徳川家康が征夷大将軍になり江戸に本拠地を開き十五代の将軍で二百六十五年間続いた。江戸幕府初期には、キリスト教の伝来を恐れ一六三三年（寛永十）に第一次の鎖国令を発し外国との通商、往来を禁止した。以来、一八五四年の日米和親条約締結までを鎖国時代と呼ぶ。しかし長い間の鎖国体制の末期になると欧州での産業革命と世界貿易の発展の中で日本は取り残され植民地化の恐れさえ出てきた。幕府体制の維持のため取られた参勤交代制は、当初は外様大名だけが義務化されたがやがて譜代大名にも適用されそのための費用と人の動員で各藩の体力は疲弊していく。それに反して薩摩藩（鹿児島）や長州藩（山口）などは清国などと密貿易を公然と行い体力を付けていくなど諸矛盾が次第に現れ幕府の屋台骨をむしばんでいた。

一八五三年（嘉永六）七月八日米国のペリー率いる東インド艦隊四隻が神奈川の浦賀、現在の横須賀市東部に現れ開港を迫る。翌年に江戸湾内に再来航し開国を迫った。二月十日から三月三日までペリーと幕府全権使節との間で会談を経て日米和親条約が締結した。薪、水、食料品、石炭などの供給、漂流民の救助と保護、下田、箱館二港の開港、領事駐在などであった。一方、欧米に劣らぬようにとロシアも極東進出に意欲を見せて日英協約締結後の一八五四年（嘉永七）九月にプチャーチンが大阪へ来航、下田で条約交渉を進めほぼ日米和親条約に準ずる日露和親条約九カ条が十二月下旬に結ばれた。

日米和親条約の取り決めにより一八五六年（安政三）の夏にハリスがアメリカ総領事として下田に着任する。その後将軍家定との謁見が行われその後ハリスは、老中堀田正睦《まさよし》ら幕府首脳に重大な提案をする。それは米国との間に日米修好通商条約を結ぶべきだという提案である。これに対して老中首座の堀田正睦らは、各大名に意見を述べるように諮問した。

「夷敵は最後まで打ち払うべきだ」

と述べる強硬派は、尾張、水戸、鳥取、川越の四藩だったが、最後は従った。幕府内では、老中阿部正弘、堀田ら首脳は、開国派の意見を重要視する開明的な政策をとったことで知られ最終段階で朝廷の調印許可である勅許なしで条約に調印する。この時、朝廷に対して条約勅許の要請をするかどうかの問題とともに将軍の後継者を誰にするかの政争が進行していた。一八五三年（嘉永六）六月に十二代将軍家慶《いえよし》が急死していた。後継者となるべき家定《いえさだ》は、病弱でしかも後継ぎがない。このため薩摩藩・島津斉彬《なりあきら》、越前藩・松平慶永《よしなが》、宇和島藩・伊達宗城《むねなり》、土佐藩・山内豊信《とよしげ》らが幕府のとっていた雄藩との協調路線に沿って一橋家の一橋慶喜《よしのぶ》を担ぎ出す動きが顕在化した。一方、雄藩の台頭を良く思わない彦根藩主の井伊直弼は、家定の従兄弟で、南紀・紀州藩主の徳川斉順《なりより》の長子慶福《よしとみ》、後の家茂《いえもち》を有力候補に挙げ南紀派として一橋派と対立する。しかし慶福はこの時十二歳の幼主であった。一橋派と南紀派との対立である。

ところが日米修好通商条約に関して孝明天皇が条約承認を拒否する態度を明らかにする。

この頃孝明天皇が詠んだ歌に次の二首がある。

朝菜《あさ》な夕な　民のかまどをなびく煙に　思ひこそやれ

朝ゆふに　やすかれとおもふ身の　心にかかる　異《こと》くにの船

一八五八年（安政五）四月二十三日、井伊直弼は幕府役職の最高位である大老に就任した。彼は幕府の天皇勅許なしの日米修好通商条約の無断調印を追認し次期の将軍に家茂を推した。さらにオランダ、イギリス、ロシア、フランスとも条約を結んだ。しかしこれらは、日本にとって非常に不利な条件の条約であった。なぜならば関税自主権がないうえに日本側に裁判権のない領事裁判権を相手に与えるものだった。

ここで一橋派と南紀派との対立が激化するが、さらに重大なことは孝明天皇が井伊直弼の排斥を含んだ幕府の最高人事に対する介入を水戸藩など有力藩へ「密勅」として差し出したことだ。内々に出された一種の武力行使を伴うクーデターの勅令である。そこで直弼が動いた。一九五八年から五九年にかけて起きた「安政の大獄」がそれである。この事件に関係するとみられた公家の近衛忠煕《ただひろ》、水戸藩の大名徳川斉昭《なりあき》、幕臣の岩瀬忠震、橋本佐内ら百余人が処分された。こうした動きに水戸藩や薩摩藩の攘夷派の浪士が反発し一八六〇年（万延元）三月三日午前九時半に江戸城の桜田門外で井伊直弼を暗殺する。

友禄が奏者番続いて若年寄りを拝命

苗木城主の遠山友禄を奏者番にするとの達しが幕府から伝えられたのは、世の中が騒然としてきたこうした動乱の時期であった。友禄は一八六〇年（安政七）一月十五日幕府から奏者番役を仰せつかった。直弼暗殺の日の一ヵ月半前の頃である。一月十四日に大名を監督する役の老中から

「御用の儀があるので明日の朝五ツ時に江戸城へ登城するよう申し付ける」

との達しが届いた。五ツ時とは、八時のことである。

（さて、ご用の筋は一向に心当たりがない。不心得をした覚えもないしな。一体なんであろうか）

心配になった友禄は、側近に関係筋の重役に御用の向きを聞きにまわらせたが要領を得た情報はない。心配しながら翌日登城すると御座之間において御奏者番を仰せつけられた。

奏者番は、その上の要職である若年寄りになるには必ず勤めねばならなかった。お咎めでなく昇進話だからホッとしたものの物入りの事柄でもあったから独断で決める訳にはいかなかった。屋敷に帰るとさっそく江戸家老の千葉権右衛門を呼びことの次第を話した。

「心配しておりましたが、出世話でおめでとうございました」

千葉は祝いの言葉を発しながら言いにくそうに
「ただ・・・」

「そちの言いたいことは、わかっておる。金、それに人がいることであろう。早速、苗木の留守居役家老と話し合って早急に返事をな、待っておるぞ」

「ところで、殿、奏者番の役とはどんなことで、初めての話で一向に存じませぬが」

「武家の殿中における礼式に関する諸々のことを司り、年頭などに諸侯が将軍に謁見する時に取次ぎをする。また諸侯からの進物を披露する重要な役目だそうだ。普通は譜代大名から選ばれると聞いておる」

満四十二歳で幕府の幹部に抜擢される話だが、国元の財政状況を考えると手放しでは喜べない事情が家老千葉の表情を曇らせた。国元の家中や村方の有力者たちの意見は
「この度の奏者番の儀おおせ付けは、恐悦の儀ではあるが、これには多分の出費が伴う」

不満やためらいが多くお役を引き受けるべきではないという意見が多数だったが、一方で

「永々お家の御瑕瑾にもなる」

これで藩に傷がついてはいけないという判断が先立ち受託やむなしという結論になった。しかし維新以降の苗木の難儀は、このような身分不相応の取り立てによる放漫な散財から始まったと言える。友禄が奏者番に任命された日に、大老井伊直弼は久世大和守広周を老中に任じ幕政の強化を図った。友禄が井伊大老の幕下に登用されたことは偶然ではない。老中久世大和守は、苗木藩三代目遠山友貞公の奥方の家系であり苗木城坂下門は久世の指図により建てられた。また苗木高柴にある仏好寺は奥方の菩提寺として建立された寺である。従って久世広周とは縁者に当たる間柄であった。その後友禄は、一八六一年（文久元）六月、若年寄りを仰せつかった。若年寄は老中《ろうじゅう》に次ぐ幕閣で、老中が公家や大名を所管したのに対して若年寄りは旗本を管理・統括するので旗本支配の別称もあった。この職に就く資格は、老中と同じく譜代の十万石以下の大名で多くは一万石から二万石の者が占めていた。

皇女和宮の御降嫁

桜田門外の変の後、日米修好通商条約や後継将軍などを巡り朝廷との軋轢《あつれき》に苦悶していた幕府だったが、老中安藤信正らが公武合体策で苦境を乗り切ろうとする。まず将軍家茂と孝明天皇の異母妹の和宮との婚儀を進める策である。和宮は、仁孝天皇の第八皇女だが、攘夷を旨とする孝明天皇は、この婚儀に強く反対した。が、幕府から再三再四の願いが出て結局勅許を下した。かくして政略結婚が成立した。これには平《ひら》公家の岩倉具視《いわくらともみ》の幕府に従うべきだとする建言ものを言った。

「今や幕府は、井伊大老が暗殺されるくらいだから、もう国政を預かる力はありません。この際は幕府と争うより名を捨てて実をとるため公武合体は、表向きのこととして許され、内外の政治の実態は天子様に申しあげた後に行うようにして実権は朝廷にあるように取り計らうのが得策と存じます」

こうして孝明天皇は承認することで妥協したが、さらにこの背景には、心に染まない結婚を国のために一身を犠牲にする和宮の潔《いさぎよ》い決断があった。和宮は、一八六一年（文久元）十月二十日に京都を発つことになり友禄はお迎え役として苗木藩から警護のため五十名の藩士とともに出役した。

　中山道は、降嫁行列の道筋とあって、若年寄りの友禄は忙しくなった。木曽路が選ばれたのは、勤王派の浪人達が和宮を奪って降嫁を防ごうとするのを避けるためであった。苗木藩では、家老の千葉権右衛門以下家臣が、槍、刀、弓矢、鉄砲の手入れに余念がなかった。藩の領内では、二十九日から三日間猟師の鉄砲撃ちが差し止められ庶民の通行は止められた。木曽川の上地、瀬戸、滝坂の渡しも船止めとなった。和宮様ご警護のために尾州の役人達が木曽路の警戒と諸品の持ち運びのため派遣され、苗木藩内から二千八百余人が中津川宿へ向かった。馬の数も五百匹を下らぬほどで、木曽川河畔にある上地、瀬戸の渡船場はごった返していた。

　十月二十日京の桂離宮を出発した和宮の行列は、二十九日に中津川宿に入り十一月十五日、無事に江戸に着いた。

　このころ朝廷内でも尊王攘夷を主張する急進派が勢力を伸ばし、片や幕府府内では、大型船で来航した諸外国の主張に揺すぶられどう開国するかで有力藩の意見が分かれ進むべき道が混沌としていた。

苗木藩内の時世の動き

友禄が奏者番に任命される三カ月くらい前の話だが、苗木藩の藩士たちの間で話題になった事柄がある。それというのは一八五九年（安政六）十月七日に大名のお抱え医師である御典医水野自牧の二男馬島靖庵が、続いて同月の二十日には中津川宿の有力酒問屋の間《はざま》半兵衛秀矩《ひでのり》が平田篤胤《あつたね》門下の入門を許されたということだ。この二人は、町人らに天皇を中心とするこれからの政道の在り方を盛んに伝えているとの噂が広まった。両人たちの話は辻説法のような形で分かりやすく庶民に伝えられた。ある日、酒屋半兵衛の店の庭先で開かれた講話風景の再現である。集まったのは、ざっと二十数人ばかりの町人や商人たちで膝を寄せ合って馬島や半兵衛の話を一通り聞き入ってから質疑の場となった。

「復古国学とは、日本古来の思想を求めて古事記などの古典を読み解くことじゃな。復古神道は、それを支える背骨みたいなものだということが何となくわかってきたわい。ところで平田先生の説く神道の真髄とは何かな？」

半兵衛と同じ町内で小間物屋を営む太助が、要領よく馬島らの話をまとめた上に疑問点も出したのを半兵衛が引き取り

「太助さん、ようわかっとるのう。その通りですよ。先ほど話した賀茂真淵《かものまぶち》から本居宣長《もとおりのりなが》へと継承された復古国学は、宣長先生が亡くなってからは、その門人の平田篤胤に至ってから純粋の神道《しんとう》の考えが強まりました。つまり平田先生は、仏教、儒教を強く退け、それまでの仏教的神道を止めて日本古来の神道に戻るように新しい神道説を打ちたてられたのです」

参加者の誰もが半兵衛の話に

「そうか、そうか、そういうことなんだ」

とうなずいた。その後

「江戸では今平田篤胤先生の後継者は、どなたかな」

の質問が出て馬島が

「篤胤先生の養子、平田銕胤《かねたね》先生が平田派国学を全国に広めてみえますよ。その学風は、天の神がこの世を治める道だから儒教や仏教とは比べようがない。上《かみ》は天皇から下《しも》は万民に至るまで儒教、仏教を捨ててただひたすらに神道を尊《たっとぶ》べきだと教えてみえます。政道は神の国の作法で神の心により治め神祭を第一と心得よと説いておられます。つまり王政復古、復古神道の確立と祭政一致をめざすものなんですよ」

「はい、よーくわかったぞなもし」
二、三人の参加者から感想が述べられ三三五五連れだって退散し散会となった。
こうした会合は天皇を敬い外敵を打ち払う尊王攘夷の考えが、最早武士たちだけではなく庶民の間にも静かに浸透していることを物語っていた。その証拠に藩内の福岡村、田瀬村、高山村、中の方村、更に尾州藩の天領である付知の庄屋や住民の長《おさ》であると誰もが認める特定の年寄りたちまでも平田国学門に加わったとの話が伝わってきた。

復古国学と復古神道

さて平田学派はどのようにして苗木藩内の武士たちの間に広まったのか。苗木に於いて平田学導入の大本は、青山景通《あおやまかげみち》、青山直道親子の存在にあった。景通は一八一九年（文政二）の生まれ、通称を稲吉といい江戸の藩邸で苗木藩十一代藩主遠山友寿《ともひさ》の祐筆として仕えた。ちなみに祐筆とは、貴人のそばにいて物を書くことを受け持った人のことを言う。景通は、若い時から学問に対する興味が深く一八五二年（嘉永五）に平田鉄胤の門に入っている。それ以来平田派国学に深入りし、鉄胤の著書の校正に携わりそれに署名するほどの高弟になった。銕胤は、篤胤の長女千枝と結婚し篤胤の弟子千人を良く統率し、維新後に神祇事務局判事、内国事務局判事などを務めた。

一八六二年（文久二）正月二日、前の日から降り続いた大雪と風嵐とはうって変わってさんさんと降り注ぐお日様の輝く中を中津川の市岡本陣へ数人の平田国学徒らが集まってきた。その面々は当主の長右衛門、庄屋の九郎兵衛、落合の半兵衛、恵那・大井の七兵衛のほか伊那谷から年詞にやってきた医者の馬島靖庵である。美しい庭園からは、綿帽子を被ったような恵那山が白雲をまとって太陽のもとに輝いて見えた。

「皆の衆、誠にご苦労で御座った。取りあえず先ずは祝い酒をどうぞ」

長右衛門は幼いころに伊那谷の坐光寺からこの市岡本陣へ養子に来ていた。皆に初春の祝い酒を勧めながら馬島に伊那谷で馴染みの平田門人の動静を尋ねた。

その後は中央で繰り広げられている政争が話題となった。口火を切ったのは、長右衛門で

「皆さんもご存じの通り幕府方と朝廷方との不和は困ったものですな。二月十一日に和宮様と将軍家茂公との婚儀は決まったものの薩摩、土佐、長州の各藩では、尊王討幕の声が大きくなり脱藩し世直しに参加する武士も少なくないそうですよ」

馬島がこれを引き取って少し赤くなった顔に脂汗をにじませながら
「だから今こそ篤胤先生の著書〝古史伝〟を刊行して世に広めることが大事だと思い今日の会合にはせ参じたわけです。どう思われますか、皆さん」

「馬島さん、古史伝の説明をお願いしますよ。よく聞く名前ですが中身がよう分からんでのー」

庄屋の九郎兵衛が額にしわを寄せながら尋ねた。馬島が腰に両手を当てながら立ち上がった。

「よう聞いて下さった。中身が分からんことには皆に広めることはかなわんでな。平田篤胤先生は文化八年、今から五十一年前のことだが、古史成文という本を書きなすった。それから七年たって三巻からなる本が刊行されたんじゃ。古事記、日本書紀、風土記などの古典が伝える神話を取捨選択し篤胤先生独自の価値観に基づいて再構成したものだわ。古史伝は、本居宣長の古事記伝に倣って自著の古史成文を一段ずつ自ら注釈して文化十一年に八巻まで刊行されたんじゃ」

「よーくわかったぞなもし。しかしそれを全部読み解くのは大変な努力がいることも分かったわい」

九郎兵衛が苦笑いしながら二度ほど頷いた。馬島が再び立ち上がり
「平田先生の古史伝は、皇国の古道を説き示された大著で我が古道の真意はこの書中に尽きます。第一は、日本は万国の大祖なり、第二、我が天子様は万国の主なり、第三は神ながらの道は世界のみちなり」
篤胤の思想を熱気を込めて訴えた。
「我ら先生没後の門人は皇国の存亡を前にしてこの本の刊行こそが報恩の道と確信する次第です。皆の衆の資金の御助成を切に願うものなり」
と声高らかに訴えた。
一八六三年（文久三）五月九日、苗木藩へ大阪表の板倉周防守から奉書が早飛脚で到着した。攘夷決行の場合、いつ外国船が大阪湾へ攻めてくるかもしれない。このため兵と武器をもって大阪表木津川の船着き場を警備せよとの達しであった。一万石につき人数は四十人、大砲一門、小銃二十挺と決められていた。ところが十月になると木津川口お固め役から、大阪市中見回りへと転役を命じられ警護の人数も増やさねばならなかった。大阪からの藩士たちの便りが苗木に届く度に青山直道は
（俺も警護の第一線に立って御奉公を尽くしたいものだ）

と願っていた。この頃彼の頭を悩ませていたのは、京都の新選組の動きであった。彼らは幕府派遣で京都守護職の支配下にあって勤王の志士を見つけ次第に切り殺していたのだ。（隊長の近藤勇の月々の手当、五十両、副長の土方歳三でも三十両と聞いている。それに引き換え我が苗木藩の窮状はどうだ。我々藩士も赤く変色した紋付羽織、袴は何年来新しいものを買う余裕がない。民、百姓たちは、米の飯が腹いっぱい食えないうえに雨漏りのする古ぼけた家でのわび住まいだ。はやり病いが出ても医者にかかるどころか薬礼にも事欠く有様だ）

若い青木直道の心は、幕政の失政へ怒りの先が向かっていた。ただでさえ苦しい苗木藩の台所は大阪表警備の出費のため、莫大な借金財政を強いられた。文久三年の未払借金は千三百両余り、天保以来の累積赤字は十万両に近い。またまた藩内の御用商人や村役人たちに重ね重ねの御用金を申しつけねばならなかった。勘定方一同の胸算用では、その額は三千両を下らなかった。

十四代将軍に　家茂がつく　幕府の指導体制が混迷する

一八五八年（安政五）六月、徳川慶福は、将軍の後継者に選定され江戸城に入る。七月に家定が死去し慶福は家茂と改名した。一八五九年（安政六）十月十七日、江戸城本丸から火を出して本丸は焼け落ちた。十二月十日、幕府から

「本丸造営の上納金をせよ」

との命令が苗木藩に来た。藩では重役会議を開き対策を練ったが金納は無理で木材の現物納入にすることが決まった。このため雪が積もる東山、田瀬の裏木曽山から檜《ひのき》の良材に藩印を押し付知川を経て木曽川へまず流した。これを川狩り、運材という。支流を経てきた木材は、木曽川本流の合流点に集められる。その後筏師により一本ずつ下流部にある岐阜・八百津の錦織網場に集め三重の桑名か名古屋・熱田白鳥の貯木場を経て江戸へ運ばれる。

一八六二年（文久二）二月、江戸城で皇女和宮との婚儀が行われた。遠山友禄が若年寄りの役職になってからは、幼少年将軍である家茂の動静に付き合うことになる。婚儀が行われた年から家茂が大阪で病死する一八六六年（慶応二）五月までの出来事に伴うお役目がそれである。

生麦事件

朝廷や幕府ともつながりの深い薩摩藩は、独自の公武合体案を持っており藩主島津忠義の父久光が一八六二年（文久二）朝廷の内諾を得て江戸へ下り幕政改革を要求した。幕府はこの意向を受けて体制の改革を進めることにした。八月二十一日その帰り道のことである。現在の横浜市鶴見区にあった生麦村を通った久光の行列を横切ろうとした英国人四名を家臣が

「無礼者」

と一喝し切りつけて死傷させる事件が起きた。幕府の老中はかかわりたくないので若年寄りの友禄に頼みこみ彼は重い腰を上げた。

「もう承知だと思うが、生麦事件が起きた。すまんがのう、収拾のため事件の被害者側と交渉することを任せるので宜しくな。外国奉行の竹本隼人正、大井十太郎を同行させる」

竹本らに聞くと横浜村にいる各国の駐在員の中では、フランス公使のベルクールが多少だが日本側に同情的だとわかり横浜村の運上所でベルクールに会う。ちなみに運上所は江戸時代に不正の輸出入を監視して陸揚げした荷物に課税した場所である。

「私はあの事件の時は神奈川の宿へ出張中で留守でした。神奈川では、イギリス人を殺傷したことに外国人がいきり立ち戦争にも及ぶ勢いだったのです。それを日本の大名行列の特別な決まりがあることを説明し必死に止めてその場は収まりました」

ベルクールが口火を切って仲介の苦労話を披露した。

「それは大変なご苦労をお掛けして申し訳ございませんでした。謹んでお詫びします」

友禄は頭を下げて深く謝った。

「ところで今日ここへお邪魔したのはこれからのことです。どういう風に治めるのかお手を貸して欲しいのですが」

と率直な気持ちを述べた。

「わかりました。ただね、遠山さん、あの区域内は和親条約により外国人が自由に行動することが認められています。今回の事件は、統一した警備が全くなされていない中で突発的に起きました。再びこういうことが起きないように番所、番兵を沢山配置することが必要ですよ」

次いで遠山らはニール公使の公邸に向かった。額にしわを寄せ不機嫌そうなニールは、友禄に向かって

「あなたの名前は？」

と尋ねた。

「若年寄り遠山友禄と申します、どうぞよろしくお願いいたします」

「遠山さん、犯人はもとよりですが、藩主の久光さんにも責任があります。ですから犯人と久光さんを江戸へ呼んで下さい」

「久光殿は呼び戻すことはできません。犯人は呼び戻しましょう。それから東海道を外国人が心配なく通ることができるように遊歩区域の要所要所に番所を作る予定ですが」

ニールはこの答えに何も言わなかったが、しばらくの間をおいて友禄では話がつかないと思ったのだろう
「数日のうちに江戸へ行き、老中と談判するから」

そう言って話し合いは終わった。生麦事件は、島津久光が起こした事件であった。友禄の正室、つまり正妻の島津嘉子は久光の従姉妹にあたる。嘉子の弟は宮崎の佐土原藩主島津忠寛だった。久光の子、忠義が藩主としては幼かった時期に忠寛が名代として幕府に対応したことがある。忠寛は友禄にとっては義弟にあたる。明治の新政府と幕府勢力がぶつかった戊辰戦争で佐土原藩は、薩摩藩とともに朝廷側にたって大きな役割を果たしたので

佐土原家は後に伯爵に任じられた。友禄が外様の小藩ながら幕府の要職に就いたのは、こうした島津藩との縁戚関係も関係したものと考えられる。

さて時代は前後するが先頃の相次ぐ異国船の来航に苗木藩内でも

「我が日本危なし」

の危機感が若い藩士を中心に広がり心の柱として青山景通らの信ずる平田国学に心を寄せるようになっていった。

「我が皇国《すめらみくに》の尊さを輝かせ、夷狄《いてき》を打ち払い、つまり朝廷の権威を取り戻すためには幕府を仲立ちとする公武合体策をもって国難にあたる妥協策は、打破せねば」

という考えは中央で公家や勤王の浪士たちの思いであった。

第二章　大政奉還

長州征伐　家茂の急死、幕府軍敗れる

将軍家茂は、一八六六年（慶応二）五月十六日、長州征伐の軍を組織して先方総督に紀州藩主徳川茂承《もちつぐ》を任命し関西に向かった。遠山友禄にはこの戦争に参加するようにとの命令が下った。友禄は、早速に家老の千葉権右衛門らを呼び
「この度、幕府から長州征伐に参加するようにとの言いつけがあった」

「ご要請の兵力はどの程度でございますか」

「まあ百名余との仰せである」

「長州は尊王攘夷の急進派が多いと聞いておりますが。薩摩藩と並んで密貿易で武器や兵力の増強に力を入れておるそうですな。だから幕府もこれ以上は見逃すことはできないという次第ですか」

「まあそういうことだろう。薩摩などは琉球を通して清国と生糸などとの交易で財力を蓄えつつある。長州も同じく密貿易で財力は豊富だと聞いておる」

「今や幕府はそれを取り締まる力がないわけですか。それほど大っぴらに外国と交易ができるということは」

「大きな声では言えないが、世の中は変わってきた。そういうことになるな。薩摩、長州は、金に物言わせて新型の銃も大量に持っておるそうだ。こちらも抜かりなく用心せねばな。また物入りだが、国元とよく相談して出兵の藩士の選抜などの準備を怠らぬようにな、頼んだぞ」

友禄は、家老の小倉猪兵衛らのほか藩士百余名を率いてこの戦争に参戦した。幕府軍は十五万人、これに対して長州軍は四千人と多勢に無勢であった。ところが長州藩では、高杉晋作らの革新派によって幕府に対抗するための新しい銃で軍備を増強したり奇兵隊などの新しい戦闘態勢を整える動きが高杉を中心に整いつつあった。長州征伐は六月七日、瀬戸内海の大島で幕府の軍艦が砲撃されて始まった。その後地上戦になると幕府軍は高杉晋作らによる近代装備をした奇兵隊によって苦しめられ逃げ腰となりついに敗北してしまった。戦いの最中に友禄のもとへ家老小倉から注進があった。

「殿、これはだめですな。長州勢はゲーベル銃とかライフル銃という新しい銃を備えた訓練兵が身軽な恰好でどこからともなく突進してきます。これに対して我が軍のほうは諸藩からかり集めたにわか仕立ての兵士ばかり、古い火縄銃を持った農民兵が中心で鎧、兜で身を固めており鈍い動きです。こちらは固まって戦っているから新銃の餌食です。とても相手に太刀打ちできません」

幕府軍の兵士は、長い間の遠征で身も心も疲れ戦意高揚はとても望める状況ではなかった。長州藩の優勢のまま戦況が移っていく中の七月二十五日、大阪の陣中にあった将軍家茂が脚気衝心《しょうしん》で急死した。脚気衝心とは、脚気により心臓が侵され起こる急病である。苗木城に飛脚が届いて将軍の逝去の知らせがあったのは八月二十五日のことであった。長州征伐を行った付けは、幕府の抱える三百万両に及ぶ赤字であった。幕府は、大阪の富豪商人たちに二百五十万両の御用金を命じたが思うように金は集まらず幕府の台所は火の車であった。戦意を失った討伐軍の藩士たちは、心も荒れて至る所で略奪や押し込み強盗を働いた。この結果大坂でも江戸でも

「世直し」

を叫ぶ民衆が斧や鎌、鋸《のこぎり》を手に女郎屋、米屋、質屋、酒屋などを手当たり次第に壊して

回った。翌年の八月に近畿、四国、東海などで
「ええじゃないか、ええじゃないか」
と呼ばれる一種の暴動が起きた。男が女装し女が男装し奇抜な恰好で大勢集まり三日三晩から一週間でも踊りまくる。こうした動きは、風の便りとしては苗木藩内にも村から村へ吹きわたり特に平田門人の藩士たちの間では
「尊王討幕」
の合言葉が平田門人の藩士へ火の玉の様に確信となって燃え上がっていった。青木直道の自宅に集まった革新派の藩士たちは、平田篤胤の「靈の真柱」の著書を中心に皇国の大義を論じ合っていた。一方の遠山友禄は、家茂の遺体につきっきりで江戸に帰っても出棺御葬送、御遺物御用取り扱いの大役を仰せつかった。その後も将軍家の名代として上野寛永寺で亡き将軍家の縁者たちの墓参に仕えていた。昼間の政務が終わり屋敷に帰り床の中で
一人になると
〈家老たちの話によれば、今では国元で藩士たちが〝尊王討幕〟の言葉を臆面もなく使っているらしい。藩士たちの中では、平田国学に未来を託すものが増えているそうだ。これ

からは幕府の将軍に替わって天皇中心の世の中になるのか。そうしたら自分はどうなる。長州征伐で大阪まで駆り出され、おまけに将軍の急死とそのあと始末で毎日が暮れる。しかし徳川幕府があってこその今までだ。これまでの御恩を忘れ去るわけにはいかんぞ。それにしても幕府なかりせばこれからどうなるのか）

この激しい時代の動きから取り残されたような淋しさと焦燥感を覚える遠山友禄だった。少し日が経って身の回りのことを考える余裕が出てきた。そんな折

（宮家と将軍を天秤にかけどちらを選ぼうかとする自分の心を恥じつつ時代の先を見て〝これだ〟と思う決断ができずにためらう自分が嫌だな）

そう思う日々が続いた。藩内は不平不満の革新派とことなかれ主義の重役に追従する保守派に幕府と同様二分されていた。江戸で平田門人となった青山景通が苗木に帰ったのは、一八六三年（文久三）で以降苗木藩に平田国学の門人が藩士を中心に増えていった。

坂本龍馬らのあっせんで薩長同盟なる

一八六五年（慶応元）に土佐藩を脱藩した坂本龍馬、中岡慎太郎が薩摩、長州両藩の提

携に乗り出した。両人は伊藤博文、井上馨とともに長崎を訪れたが坂本は伊藤らに

「長州藩の欲しがっている武器を薩摩藩経由であっせんする」

ことを約束した。当時外国船を見ればすぐに大砲をぶっぱなす長州に武器を売ってくれる異国はなかった。それで龍馬は自分が作った会社「亀山社中」を通じオランダから洋式銃や蒸気船を買い付けそれを薩摩藩が買い長州藩に売る。一方、京都にいる薩摩藩兵士用の米を長州藩から運んで薩摩藩に売る。薩摩にとっても九州から運ぶよりずっと安く手に入るから薩摩への武器調達の見返りとして十分な条件だった。

こうした前提を経て翌年一八六六年（慶応二）二月二十一日に西郷隆盛、木戸孝允《たかよし》を交えたなかで薩長同盟が成立する。これは犬猿の仲であった薩摩と長州を結ぶ政治的、かつ軍事的な同盟を意味していた。調定が済んだあと坂本が伊藤に話しかけた。

「伊藤さん、おまんとこは三年前に下関の関門海峡を通過する外国船を砲撃したことがあるのう」

「あの頃はみんな攘夷にしか頭になかったからな」。

「結局、外国兵に下関に上陸されるなど負け戦でしたな。さらにその翌年の七月、イギリス、フランス、アメリカ、オランダの四カ国を相手にした下関戦争で完敗し尊王攘夷に燃

える長州藩は、討幕尊王に変わりもうした」

ここで西郷が口を挟んだ。

「おいどんとこもな、三年前の薩英戦争でイギリスに鹿児島城下を砲撃され目が覚めたんでごわす」

「攘夷から討幕へ転換ですな。薩摩、長州の雄藩が手を握って幕府に立ち向かうことが分かれば一橋慶喜は驚くろー」

上背がある龍馬が、いかつい肩をゆすって大笑いした。

遠山友禄の選んだ道

慶応四年一月のある朝のことである。江戸屋敷で一人になると
〈時代の流れは思ったより早く来た。天下御一新の声はもはや全国の世論といってもよさそうだな。勤王か佐幕かどちらかを選ばねばならない時がいよいよ来たのだ。将軍家の御愛顧で若年寄りまでなれた。ここで朝廷側に就くことはいかにも手のひらを返したようで後ろめたいものがある。自分が朝廷側へつけば江戸に残された家族はどうなるか。お家は

取り潰されにっちもさっちもいかず自滅が待っておるのみか。とにかく急いては事を仕損じる。よくよく考えてから事を起こそう）

苗木藩の家老小池兵衛たちは、友禄に至急京へ上ることを促してきた。先頃から朝廷は新しい政治を司るための意見を聞くべく、十万石以上の諸侯と続いて一万石以上の大小名に上京すべきと通達していた。そこで意を決して二十六日に友禄は、老中の立花出守を尋ね嘆願した。

「私議ですが、昨年の十一月朝廷側より度々の御用、上京を仰せつけられましたが、私の病、また母の忌中にて叶いませんでした。このまま捨て置くわけにも参らず、どうしたらいいのか苦慮しております。京都よりの御沙汰に背くことは相成りませぬので、一応京に参り御用済み次第、さらに忠勤励みますので上京お聞き下さるように」

と申し出た。意外にも京都行きは即日、許された。数日前から国元苗木から家老の小倉猪兵衛ら二十四名が友禄を迎えに江戸屋敷に待機していた。国元では、この頃家老の千葉権右衛門を中心に友禄の心の変化を苦々しく思う動きが密かに広がっていた。徳川幕府にあくまでも忠義を尽くすべきと心得るいわゆる守旧派の面々である。千葉宅に集まったのは、家老の実弟千葉侑太郎のほかに中原中、千葉武男、千葉鐐五郎、神山健之進らである。

「知っての通り殿が幕府を見捨てて朝廷側につこうとしておられる。まだ天下の帰趨が決まらぬうちに反幕府の立場に立つことは許されるものかのう」

千葉権右衛門が口火を切った。

「それに青山景通の息子の直道が平田学の門人として羽振りを利かせておるな。藩士の中には勤王攘夷を大声で話すものも増えてきた。このままでは苗木藩はどうなるか、心配だ」

「しかし今ここで我々が動くのは、かえって向こう側の思うつぼだ、しばらく様子を見ながら考えるのがいい」

「青山親子は、殿に平田門人になるように勧めているということをある藩士から聞いておる。そうなると我々もただでは済まぬな。よほど用心をする必要がある」

色々な意見が出たが、これといった対策の妙案もなくこうした会合が漏れないように気を付けることでこの日の内輪の話し合いは終わった。

上京に関する幕府側の許しを得た友禄の一行は、一八六八年（慶応四）一月二十八日、江戸表を発ち二月九日に無事苗木城下に入った。旅の疲れをゆっくり癒す間もなく十八日に中山道を上って二十一日美江寺《みえじ》宿本陣に東山道鎮撫総監の岩倉具視を尋ねた。この頃、幕府側と朝廷は後述する戊辰戦争の戦闘状態で朝廷側は、主要道路に幕府追討の鎮撫総監を置き東山道は岩倉の所管であった。東山道には、美濃、飛騨、信濃、上野、下野などが含まれる。

この美江寺宿は、美濃国大野郡美江寺村にある中山道六十九宿のうちの五十九番目の小さな宿場だった。宿場内に美江神社がありこの中に七一七年（養老元）創建の美江寺観音があった。美江寺観音は通称で本来は天台宗寺院の美江寺である。ところがこの寺は、斎藤道三が一五四九年（天文十八）岐阜・稲葉城築城の際に城の裏鬼門を守るために移築してしまった。この寺は二十四ヶ所の分院を持つ大寺院であった。

「御免、美濃の苗木藩から遠山友禄が参りました。岩倉卿《きょう》にお取次ぎ願います」

家老の小倉猪兵衛が軒の低い平屋の本陣で案内を乞うと

「これは、これは大儀でござった。手前は、ここの本陣の当主山本宇兵衛に御座います」

痩せて長身で白髪の目立つ当主が紋付羽織、袴姿で一行を出迎えた。

「さあ、どうぞお待ちかねで御座います」

岩倉総督の居間に案内された。初めて見る岩倉卿は、大きな目玉、太い眉毛が特徴的であった。

「この度は朝命有難く奉載仕り、粉骨砕身御奉公致したく」
朝廷への帰順と決意を述べる友禄に
「勤王の志、厚き処感悦いたした」
たったこの一言でさっと奥へ引き込んだ。しかし友禄は、胸のつかえがとれた思いで苗木へ帰ることができた。近くの岩村藩では、会津藩と同じく朱子学の伝統を守っていた。これに対して苗木藩は、中国伝来の朱子、陽明の儒学を捨てて平田篤胤の説く復古神道に幕政改革の活路を見出そうとしていた。

（打つべき手はうった。これで良い。世の中が幕政が続こうと尊王になろうと後は出たとこ勝負だ）

苗木に帰り日がな一日、友禄は心のつかえがとれたような明るい気持で過ごせた。

一橋慶喜将軍の誕生と大政奉還

一橋慶喜《よしのぶ》は、一八六六年（慶応二）十二月家茂亡きあとの十五代将軍に就いた。徳川慶喜の誕生である。しかし一八六七年（慶応三）十月十四日、討幕の密勅令が薩摩、長州の両藩に手渡された。徳川慶喜追討のための勅書である。それを知った慶喜は、土佐藩主、山内容堂の提言を受け入れて大政奉還を告げた。大政奉還とは、源頼朝の鎌倉幕府以来続いていた将軍による統治権を朝廷に返すことを意味する。即ち江戸幕府が行政、立法、裁判権を朝廷に返上したことである。

大政奉還後、朝廷は徳川に代わる天皇中心の政治体制の構築を急いだが思うようにはいかない。依然として慶喜率いる旧幕府が実務を握ったままである。そこで討幕派は、一八六七年（慶応三）十二月九日、天皇の名で王政復古の大号令を発する。朝廷を占拠し慶喜と旧幕府勢力を締め出す作戦に出た。大号令は、慶喜から権限を奪うと共に朝廷からも摂政、関白などの役職を奪い三職を新たに作るもの。

そうこうしているうちに慶応三年十二月二十三日、早朝江戸城二の丸の女中部屋から出火、二の丸は全焼した。その後江戸中で明らかに薩摩藩士によると見られる放火、強盗事件が頻発した。これは西郷隆盛による画策だという噂が広まった。たまりかねた幕府は二千名の幕兵で薩摩屋敷を砲撃し焼き払った。その知らせが大阪にいた旗本、会津藩、桑名藩に届くと藩士たちはいきり立ち

「このままでは幕府の威信は落ちるばかり。これをしでかす薩摩藩を打つべし」

との主戦論で盛り上がった。幕府は、慶応四年の正月二日在阪の各藩に
と命令した。
「大義を正し、奸賊を一掃するため早々京に出兵すべし」
直ちに幕府の兵一万五千人が大阪を発し京へ向かった。〝鳥羽・伏見の戦い、もしくは戊辰戦争〟の始まりである。しかしこれは西郷隆盛の思うつぼであった。幕府軍が京へ兵を進めることは、朝廷に対する反逆であり宣戦布告は賊軍となり戦う大義名分を失わせた。すでに正月三日、伏見街道を進んできた幕府軍を京の都に入れまいと薩摩藩、長州藩、土佐藩が三方から取り囲んで攻撃体制に入った。彦根藩も朝廷側について北陸周りで来る敵に備え大津で阿波、平戸、大洲、大村、佐土原の各藩兵と共に幕軍に対峙した。慶喜は、自らを窮地に落とし入れ徳川幕府倒壊を早める道を選んでしまったのだ。翌日の四日、幕府軍は五千人の朝廷勤王軍に敗れてしまった。大阪にいた慶喜は幕府の軍艦に乗り江戸へ逃げ帰ってしまった。戊辰戦争開始後四ヵ月経って西郷隆盛は、幕臣の勝海舟と話し合い江戸城の無血開城を決める。徳川慶喜は出身地の水戸へ逃れ謹慎生活に入る。

第三章　明治新政府

明治新政府の発足　五ヵ条の誓文の発布

こうしていわば無政府状態の様になってきたが、権力の中心は幕府から岩倉具視、木戸孝允＝桂小五郎（長州藩）、西郷隆盛、大久保利通（薩摩藩）、公家の三条実美《さねとみ》らの手に移っていった。関東以北をほぼ掌握した新政府は、一八六八年（慶応四＝明治元）一月に三職七科を政府の組織として公布した。三職は、総裁、議定、参与で七科とは、神祇、内国、外国、海陸軍務、会計、刑法、制度の専門部局制である。三月中旬に京都御所で五か条の誓文が発布された。明治天皇が示した新政府の基本方針である。原文は片仮名交じりだが、現代文に直すと

第一条は、「広く会議を興し、万機公論に決すべし」と公論を宣言。

また第二条で「上下心を一つにして国家を治め整えること」としている。

第四条では、「旧来の陋習《ろうしゅう》を破り天地の公道に基づくべし」

徳川時代の悪い習慣を廃し国際法に乗っ取って行動すべきとした。

第五条では、「知識を世界に求め大いに皇貴を振起すべし」

知識を世界に求め天皇政治の基礎を盛んにしなさいと説いた。

神仏分離令　青山景通が神祇官に

一八六八年（慶応四＝明治元）三月十七日、明治政府は神仏分離令を発布した。てんでんばらばらで混乱した新しい国を一日も早く統一するには、天皇の神がかり的権威を最大限に利用する必要があった。それには幕藩体制に保護され、癒着していた仏教を天皇とは切っても切れない神道から分離し、神道の国教化を目指した。このことは、仏教や儒教のような外来思想を嫌い、日本古来の精神の復活を主張する国学者、特に平田派学者の考えに一致した。同日、全国の神社に対して「別当・社僧」と呼ばれた僧侶に僧籍を離れ俗人にかえることを命じた。
二十八日には、仏教的用語を使っている神社の使用禁止や神体を仏像とする神社は仏像を取払う。また仏、梵鐘などを取り外すことを命じた。
そして青山直道のような熱心な平田派の者は更に過激な排仏の言動に走っていった。一方、大阪駐在から戻った家老千葉権右衛門は四月に
「不審の議あり、永蟄居《ちっきょ》を申し付ける」
青山直道が告げた。その理由は
「その方は、家老の大任にありながら依怙《えこ》贔屓《ひいき》のところが多く、大阪での言動も人心の不和を作り出していた。本来ならば厳罰だが寛大な措置で永蟄居を仰せつける」
で自宅に監禁状態となっていた。
一九六八年五月十二日、太政官から青山景通に
「徴士、神祇官権判事を申し付ける」
の任官辞令が届いた。中央官庁の役人に抜擢された訳で遠山友禄もこの知らせに大層喜んだ。

政体書が定められる

四月二十一日、天皇新政府により七官両局の政体書が定められた。中央集権政府が樹立されたと宣言する文書で二十七日に頒布した政治組織並びに綱領を記したもの。冒頭に五ヶ条の誓文を置き次に政治綱領で政権権力を太政官に集中しその下に議政、行政、神祇、会計、事務、外国、刑法の七官を置く。議政官に立法を委ねるが上局と下局に分けた。三権分立主義、官吏交代制の公選制をとるとした。以前の三職体制に替えて新たな官制を定めたのである。今や天下は薩、長、土、肥、つまり薩摩（鹿児島）、長州（山口）、土佐（高知）、肥前（佐賀）の各藩が握ることになり徳川将軍の威力は、日没前の日の光のごとく薄い影となっていた。外が大揺れになっている時に苗木藩も大きな転換期を迎えていた。

苗木藩の動き　守旧派との闘い

六月十七日、友禄は、領内の村方、庄屋や御用達たちへ藩財政の立て直しについて提言するようにと申し渡した。翌十八日は苗木の町会所に一同を集めた会議を開いた。冒頭、

勘定方の重役が
「殿も質素・倹約を実行されておる」
と前置きした後
「近来、臨時の出費が多く藩財政は行きづまってきた。藩の借金は十四万両にもなっておる。村方への救助も不行き届きだが、数百年にわたる御高恩を思って特に努力してほしい」
と藩財政の救済策を命じた。困ったときの村方頼みだが、「泣く子と地頭には勝てぬ」のことわざ通り二十日間にわたる激論の末に御用達商人たちへの用達しなどで一万八千二百八十三両、領内村方への割当てで二万二千三百四十七両の合計四万六百三十両を支弁することになった。間もなくして友禄は、山の中別荘へ移住し経費節減に努力する旨伝えたが、先祖より十代に亘って家老職を勤めてきた小倉猪兵衛の腕前を以てしても、藩の窮迫した状態を救う手立ては見つからなかった。
すでに藩士の中でも日常の生活に困る者がでており千葉家老宅で開かれる例の秘密会では
「藩政の失敗は、青山直道ら平田門の一派のなせる技だが、それに同調する友禄も悪い」

「改革、改革と言いながら生活が悪くなるようでは変に変わっていく変革でないか」

と口をそろえて非難した。平田門の若者が登用されその数が増してゆくのを苦々しく思っていた守旧派の面々は、青山親子の動きと同調者に怒りをあらわにしていた。この年の七月二十四日、青山直道は御刀番からお目付け役に出世した。彼は、千葉家老たち守旧派の弾圧に若い心を燃やしていた。

「千葉ごとき小人物に王政復古の大志がわかるものか」

と我が国の変革と共に藩の政治改革をも狙い友禄に意見書を出していた。

「この度新政府が政体書を出されました。我藩もこれに遅れることなく改革を断行すべきです」

と千葉達守旧派の粛清を促していた。

江戸は、ほとんど官軍の手におさまって、朝廷からは三条実美が新政府の要人として派遣されていた。徳川慶喜とその一族は、駿府に移され慎みの意を表していた。七月十日、江戸は東京へと改められ天皇が東上することが決まった。遷都は、大久保利通の主張が朝廷に取り上げられ実現したのである。

王政復古は、鎖国攘夷から開国進取へと新しい時代の到来を告げていた。横浜では、英、米、仏、独各国の外国人が居留地でその数をどんどん増やしていた。ふ頭には、大きな鉄鋼船が黒い煙を吐きながら黒、赤、青などに彩られた各国国旗をなびかせていた。

異人館街の様相を呈してきた街並みには、金髪、青い目の洋装夫人が派手な洋傘をさして歩く姿が日常的に見られた。絹糸の売買が大きな商売になると、聞きつけた中津川の商人も横浜に出向きいっぱしの商人根性をみせた。新しい日本の門出は、平田一門の人々にとって我が意を得たりとほくそ笑む成り行きであった。

青山直道は、遠山友禄に
「藩の財政立て直しのために養蚕《ようざん》とお茶の生産に目をつけて農家に奨励したらどうでしょうか」

「横浜では生糸や絹織物が輸出商品として重宝されとるようじゃな。製茶はほかの農作物に比べ手間が省けると聞いておる。よかろう」

藩主の同意を得て農家に奨励したので、農民は桑畑を作り春繭、夏繭、秋繭と生産に精を出した。繭玉は、中津川の勝野新兵衛や山半の問屋筋に運ばれ絹糸となり横浜で好調な売れ行きを見せた。苗木や中津川は新しい生業《なりわい》により活気を見せ始めた。

藩校、日新舘建設へ

慶応年間に幕府の旧昌平校が、復興され町民の入学を許したため評判となった。昌平坂学問所は今でいう東京大学の法学部みたいな存在であった。これを聞いた青山直道、曽我祐申らは、昌平校に倣って藩校を作ることにしてひとまず那木坂の桜馬場に仮学校を建設することにした。一八六八年（慶応四＝明治元）八月十一日、城下の広小路の辻に真新しい立札を建てた。

「士族、平民の区別なく学ぶことが出来る。教授は曽我祐申らが受け持ちこの月の十三日から講習を始める」

こう書かれており苗木藩校創立のことを知って城下の人々は誰でも学べる新しい時代の到来を歓迎した。その後一八六九年（明治二）六月、那木桜馬場において日新舘の建設に着手し十二月五日に落成式を行った。四方に土手を築き屋根は板葺きながら周囲に桜と椿の苗を植えて落ち着いた雰囲気の新校舎になった。平田学の精神に基づいて国学の四大人として荷田《かだ》春満《あずまろ》、賀茂真淵、本居宣長、平田篤胤を祭る社を校庭の東南隅に作り祭った。その社号を弥広神社と命名するように友禄から指示があった。曾我裕申は、江戸で平田篤胤の門に学び皇学に通じていた。明治維新で苗木に帰り日新館の学校主事、また苗木藩の小参事となった。

青山直道の登用

一八六九年（明治二）一月六日、かねての旧友である長州藩士の伊勢新次郎が苗木城へ青山直道を訪ねてきた。直道は十代の終わりころ藩主の身の周りの雑用係として江戸の苗木藩邸に一年近く仕えたことがある。そのころ長州藩の江戸屋敷に伊勢新次郎も住んでいた。二人は、街の剣術道場で知り合った剣士仲間であった。

新次郎は、藩命で東京へ中央の情勢を探りに出かけた帰り道であった。直道は、友禄を呼び三人で面談となった。友禄の機嫌はよく酒のふるまいでもてなし話は弾んだ。伊勢によれば

「薩摩の島津久光、長州の毛利、土佐の山内、肥前の鍋島の革新派諸公はすでに連合して版籍奉還の議が決まりました。版籍奉還は藩主が治めていたところの土地、版と人民の籍を朝廷に返すものですが天皇御親政の今日、諸藩が天皇の人民を私するの罪を天下に謝し

て潔く一切の政権を朝廷に奉還すべしということに成りもうした」

「そうと決まれば、天下の形勢はこれに従うは必定、今や我が藩はどこよりも率先して朝廷に帰一し奉るべし、のう青山、そうだな」

友禄の言葉に青山直道は二つ返事で応じた。次いで友禄は
「長州の木戸孝允（桂小五郎）殿は、新政府の立役者だと聞いておる。版籍奉還を進めるとともに新しい日本の未来図を描いておられるそうだな。折角の機会だからその夢とやらを聞かせてくれぬか」

「はい、よろしゅうございます。桂小五郎さんは封建的な徳川諸藩の軍備を廃止して天皇の軍隊を創設すべしと説いております」

「そうすると新政府直属の統一した軍隊ということか」

「そうです。御一新こそ封建体制を破って士、農、工、商全ての民が平等となって国民皆兵の軍事力を持ち、命令一下直ちに行動のできる国家体制でなければならぬ。いつもこうおっしゃっておられます。この中央集権力を持った国家の樹立こそが諸外国に対抗できる唯一の手段でもあると説いてみえます」

「ほう、なるほどね、彼一人でやっているのか」

「いえ、片腕になる人がいます」

「誰だ、その人は」

「大村益次郎です。ペリーの来航に刺激されオランダ語を学びヨーロッパ文明に触れ考えが変わったんです。三十七歳の時に神奈川の成仏寺に住んでいた医者のヘボンに二年間学んでいます。ヘボンが大村に英語を大村がヘボンに日本語を教えて学びあいました。一八五三年（嘉永六）伊予宇和島藩に招かれて兵書翻訳や軍艦製造に携わりました。幕府の番所調書《しらべしょ》、講武所の教授を務め一八六〇年（万延元）萩藩の雇士となりました。一八六五年（慶応元）萩藩に討幕派政府が樹立されると、軍制改革の指導者となり一八六八年（明治元）一月に始まった戊辰戦争では上野の彰義隊を一日で討伐するなど天才的な軍事手腕を発揮しています。

　大村さんの持論は、諸藩を廃止して代わりに県を置く、もうひとつは、国軍の創設と徴兵制の採用です。これで外国に対抗できる国になれるというのが持論です」

「藩内外の意見はどうだ」

　官軍、元官軍の猛者たちはこの意見を一蹴した。

「なに、国軍、徴兵制だと、一介の異人の藪医者に啓蒙された大村ごときに何ができるか。

ただの寝言に過ぎん。馬鹿なことよ、武士たる我々が百姓、町人どもと一緒にされてたまるか。こんなことを言う奴は、生かしておけんぞ」

二日後の早朝、伊勢新次郎が木曽川の上地の渡しからその先の深い森までその姿が消えるまで直道や平田門の侍たちが手を振って別れを惜しんだ。肌を刺す寒気に吐く息が凍り付くように肌にへばりついた。苗木藩の動きは、明治新政府の動きに従って右に左に揺れながら改革の歩みを前に進めた。それは暗夜を、ろうそくを持ち手探りで進むかのような緊張さを伴っていた。

二月十四日、お伽女中に男の子が生まれた。久々の男の子が生まれたので久太郎と名を付けて友禄は上機嫌であった。午前十時になると自分の居間に重臣の交告道義らを呼んで

「此度、お上のご方針により、新しく藩の政治向きを改めて執政などの三格を置き、その役に任ずるゆえ、勉励して相勤めるように」

と言い

「執政、公告道義、宮地一学、副執政、石原正三郎、参政、青山青道、加藤右近」

を任命した。参政は執政に次ぐ重責で通例は功成り名遂げた重鎮が登用される。それが十五両二人扶持、弱冠二十三歳青山の抜擢は異常な出世と藩内の人々をあっと驚かせた。

千葉権右衛門、中原央、神山健之進など守旧派の怒りは高まった。例の秘密会では早速
「歴代序列の階層を飛び越えて、しかも譜代の忠臣をわざわざはねのけてあんな若造を登用するなんて」

神山健之進が興奮して真っ赤になった顔で怒鳴るようにうめいた。

神山は、百二十石取り用人格であった。神山家は一六四四年（正保年間）百石取りの重臣神山理兵衛に始まる旧家。以来、九代目が健之進という藩の名家であった。

「なんだ、平田門人がそんなに偉いんか」

「青山の若造は、いつも殿にべったりでそういう関係からの登用か」

「青山を使って藩の改革を思うように進めようという手の内が見え見えだな」

千葉武男、中原中らが今回の人事を口々になじりあった。当の神山は家に帰っても怒りと悔しさが収まらずやけ酒を飲みしたたかに酔っぱらった。それでも二、三日は友禄と青山の顔がちらつきむしゃくしゃした気分が収まらなかった。友禄はこの頃、密偵を放ち不満分子の動向を子細に探っていた。まもなくこうした罵りが藩主や側近の侍たちの耳に入った。二月二十三日、神山新之助は呼び出され
「動向御免　蟄居を申し付ける」

と言い渡されて彼の屋敷は閉門、青竹で十文字に閉ざされてしまった。神山は、閉ざされた家屋内で机の前に座り静かに目を閉じてじっと座る毎日が続いた。窓辺に映る恵那山とその周りを流れゆく白雲を飽くことなく眺めながら過ぎし日々に様々な思いをはせていた。

苗木藩いち早く版籍奉還、友禄知事に

明治二年一月六日青山直道を訪ねてきた伊勢新次郎から

「薩・長・土・肥の革新派諸公はすでに連合して版籍奉還の議が決した」

と聞いた友禄は、苗木藩を生かす将来の道を色々と考える日々が続いた。

（もう徳川の時代は終わって新しい世の中になることは明らかだ。だから、だからだ、どの藩よりも早く版籍奉還の手を打つということはどうだろうか。しかし幕府より一歩先んじて改革の手をうつことを藩士たちはどう受けとめるかな。皆は官位によって受け取る給与のほか帯刀、家門は永久不変と思っておる。この考えを改め直さねばならぬ。世の中がすっかり変わろうとしているのにいつまでもしがみついているのは間違いだと。徳川も、

武士もどうせ滅びる運命なら一歩先に前に出て活路を見出す。これを率先してやろう）
こう思う友禄だが、自分の後継者の話になると保守的になる。後継ぎがなくお伽女中が産んだ久太郎は、未だ乳飲み子で悩んでいるところへ二月十四日婿養子の話が舞い込んできた。大和国一万石の芝村藩主織田摂津守長易の三男源三郎をどうかというのである。早速、連絡役の桃井桂左ェ門を呼び出した。彼は書院で待ちながら、所在ないので床の間の掛け軸に目をやりその画面に見とれていた。すると音もなく襖が開き
「桃井桂左ェ門ご苦労であった。これを書き写して役所へ出すように」
と友禄が草稿を示した。それには
「私こと、男子がおりますが、まだ幼いので娘に織田摂津守長易の三男源三郎を婿養子に迎えたく宜しくお願い致します」
現代文で言えばこう書いてあった。話は進み源三郎が、後日苗木藩主の養子としてお目見えとなった。藩内の役人、藩士たちに挨拶をするようにとの通達が出た。すると紋付、羽織袴に身を正した者たちが列をなして遠山友禄邸の黒門をくぐった。
「我が藩はこれで何も憂いがない、万々万歳だ」
皆が感激しニコニコ顔で屋敷を後にした。暫くして

「以降、源三郎様の〝源〟の字を名前に使わないように」

との知らせが村内各地に届いた。明治御一新となっても支配者の人格は変わらず、藩内には権力、権威や名声により村人を恐れさせ屈服させる幕府時代と変わらぬ体制に反抗する心は芽生えていなかった。

友禄は、全国諸藩に先駆けて明治二年二月中旬、朝廷に版籍奉還を願い出た。続いて友禄の意を知った青山直道、加藤右近が十八日に俸禄奉還を願い出た。我が意を得たりばかりと友禄は、二十日に藩士、足軽にも俸禄奉還を下達した。これは確かに無謀とも言える政策の決定と実行である。考え方はまともでも命令に従う家臣団は、どうやって日々の生計を立てていったらいいのか。その未来図が描けていないのだ。これが原因で後に藩内に混乱をもらすのだ。遅れて明治二年六月、新政府の版籍奉還が決まった。版籍奉還は薩摩の大久保利通、長州の木戸孝允の考えによるもので、二年後の廃藩置県を意図していた。中央集権の統一政府を作る下準備でもあった。六月二十三日になると友禄は、新政府から苗木藩知事に任命された。これまで藩の財政と藩主の財政は、区別がなかったが知事の家禄は藩財政の十分の一と決められた。この頃苗木藩の石高は、四千九百十六石四斗七合三勺と勘定されていたから一割は四百九十一石六斗四升が知事の家禄となった。

青山直道が大参事に　大村益次郎の暗殺

明治二年九月三日遠山友禄は、新たな職制改革を断行する。大参事、小参事ら十人を新しく選び大参事に青山直道を抜擢した。大参事は、藩主の知恵袋ともいうべき重職で青山の参政登用に次ぐ異例の若さでの抜擢に藩中が驚いた。登用された十人のうち三人を除いては平田派の門人で残りの三人も平田門の同調者であった。平田派の勢力は、苗木領内や隣の中津川宿でも武士や豪商を中心に目覚しい勢いで増えていった。直道が大参事に選ばれたその翌日、大村益次郎が刺客に襲われた。京都木屋町の宿で長州の攘夷派八人の士族、神代直人《こうじろなおと》らが暗殺を狙ったのだ。彼らは、かねてから大村の主張する徴兵制が武士身分の完全廃止を招くと怒っていた。

「兵部大輔大村様襲わる」

の報は京からの早飛脚で苗木藩に届いた。大村は護衛二人を連れて、七月二十七日東京を発ち木曽路から京に向かう途中だった。

それから数日して中津川の庄屋肥田九郎兵衛宅で青山直道大参事就任の祝宴が開かれた。本陣の市岡長右ヱ門、青木直道、直道と同じ二十四歳の若き平田門徒の岩井知将らが招か

れた。客人たちは直道に対する祝いの言葉もさることながら
「大村様は襲われてお怪我をなさったそうですが、その後の御様子はわかりませんか」

岩井知将が青山に先ず尋ねた。

「長州に帰り手当を受けているとは聞いていますが、その様子はなんとも」

青山が重くるしい口調で答えた。

「八月六、七日と我々のほうに泊まって頂きました。なんでも今回の京への旅は京阪の地に兵学校や兵器所を建てる準備のためとお伺いしました。大村様は開国派ですから狙われたんでしょうか」

庄屋肥田九郎兵衛、本陣の市岡長右ヱ門が思わず口を揃えてこう言って一同を見回した。

青山直道にとっても大村暗殺未遂事件は関心ごとであった。なぜならば最近の苗木藩の守旧派の動きからすれば
（いつ自分も付け狙われて刺されるやもしれぬ）

こうした思惑が頭から離れないのであった。大村は、この大怪我がもとで肺血症となり十一月五日に亡くなった。享年四十六歳であった。

青山直道　強権の発動

その年の十月半ばの夕刻自宅で大参事青山直道は、大監察局から届いた諜者《ちょうじゃ》、密偵の報告書を読んで息を凝らしていた。その文面は以下の通りである。

「千葉を中心とする守旧派の中原央、千葉鐐五郎、千葉武雄、神山健之進、中原弥学などが度々権右衛門宅に集まって密儀を凝らしている様子、これはこの度の職制改革を不満として直道殿を排除し、場合によっては暗殺を企てるとみえること。九月頃より中津川宿の仙蔵なる者、千葉家に出入りして密議の取持ち、連絡に使い走りしていること。中津川の陰陽師、横谷要人なる者、千葉宅にて祭儀を行い、呪詛の祈祷を行っていること。高森神社神主、八尾伊織も千葉の一派に加わりこの行事に出席していること。いつ不穏なる大事の発起するやもはかられず、今なを厳重監視を続けていくこと」

（ウーム、これは捨てておけぬ事態だな、この上に近辺でおきている一揆がわが藩でも起きたら大変だ。殿に相談して民生の安定に次の手をうたねばならん）

直道は友禄の同意を得て緊急通達を藩士へ通告した。それは全藩士族の禄高を十石にして平等に支給という大きな変革の内容であった。十石給与の中身は、玄米十石、うち四石

は正米渡し、六石のうち二石は春、四石は冬に代金渡しで
月給は三月、六月、九月、十二月の四ケ度渡し。
この大英断は下級武士にとっては大歓迎だったが、上級者にとっては憤懣やるかたない
衝撃となった。藩内では早速、要職者から
「これでは我々に死ねという暴政である。先祖以来忠勤に励んできたことに対する報いが
これか」
「この期に及んで思ってもみなかった冷たい処遇だ、これは青山直道の独断、権力濫用も
はなはだしい」
非難ごうごうであった。藩内は、寒気厳しき外界と同じく冷え切ったままの空気が充満
し、何かあれば一触即発の緊迫感をはらんだまま過ぎていった。青山直道は、次のような
布告を城下町に貼り出し
「陰陽師なる者が、徘徊し疾病、災害の靈に乗じ山の神の祟りなどと根拠もないことを言
いふらしている。しかし疾病は医師のやる分野である。今後領内で陰陽師を見かければ速
やかに申し出ること」
暗に千葉一派を狙った警告文であった。ところでこの頃苗木藩には、どれだけの藩士が

いたかというと、明治二年十一月二日の明治政府辨官役所への報告によれば藩士百四十人、歩卒百七人の二百四十七人である。藩の借金は十四万三千両で返済には、藩士、領民一万人の民が貧窮に耐えながらこの難局を乗り切る覚悟が要請された。

十二月十七日、友禄は直道の功労に応えて直々の書状と愛刀一振りを贈った。数日後直道は、友禄の命で東京へ出発した。七月に新政府は従来の公議所を集議院に改めていた。太政官から出された議案を審議し答申する諮問機関で、各藩の重役一名が召集され直道が選ばれたのだ。東京では、父景通が神祇官であったから新政府の在り方がよく分かった。

（政府の要職にある人々の大半が皇学派で占められている。天皇も小御所で平田鉄胤先生から〝神武紀〟の講義を聞かれ神武復古の心を新たにされているそうではないか。わが藩も天下統一の学問平田国学を今こそ推し進めなければ時代に先駆けることはできないのだ。明治への道は平田先生の皇学を第一にすること、この教学を基に藩校日新館の充実と藩内守旧派の一掃をすること、藩財政の再建を進めることだ）

こう自分の心に言い聞かせながら東京から苗木に帰った直道であった。しかし中央政府の方向は、すでにそうではなかった。公家の岩倉具視の心は、別なところを向いていた。彼にとっては、とりあえず国論を統一する手段として王政勤王の道は都合がよかった。そのために神仏分離令を出したり、この年の九月二十日皇漢學所を廃止して代わりに京都大学校を作ると言って平田学派を喜ばせた。ところが十一月二十二日には、この大学校建設を取り止めてしまった。こうした岩倉の画策を見破る平田門人は誰一人いなかった。

（我々の目指した皇道の天下が、ようやくやってきたのだ。これからは仏教をおとしめ神道を国教とすべく頑張らねばならない）

青山直道をはじめとする平田一門の面々は、来るべき未来を考えて心の熱くなるのを覚えた。

明治二年十二月下旬に青山は遠山友禄に面会し守旧派のことについて話し合った。

「殿、千葉一派ですがこのまま捨て置けぬ事態なっていると思います。ここで断罪しないと手遅れにならないかと心配ですが」

「余も同感じゃ、どうする、年明けにでもことを始めるか」

こうして嵐の明治三年を迎える。

第四章　苗木騒動

苗木騒動

　明けて一月は新年早々、木曽谷からの寒風と雪が舞い寒さで指がしびれるひどい痛さの中
「十二日五ツ半に日進館に来る様に」
との通知が全藩士に出された。五ツ半とは、午前九時のことである。十一日の夜になって集合場所が、二の丸書院へと突然の変更があった。翌朝、霜柱を踏みながら士族、夫卒たちが二の丸の大広間に集まった。上段の間には遠山友禄、その隣に大参事の青山直道、石原正三郎が緊張した顔つきで座っている。突然、青山は大声を出した。
「昨日判明したことだが、御疑惑の筋あるので糾弾する。監察係、小池庄太郎、岩瀬文、小監察　熊沢倍次郎、新田鋪一郎前に」

四名は脱剣して敷居内ににじり寄った。続いて青山が
「中原央、千葉武男、千葉鐐五郎の三名、前に出るように」

甲高い声で叫んだ。

「お前たち三名の者、御不審の筋があり糺弾仰せつけられる、左様心得よ」

あっという間に監察達は三名を捕らえて手鎖りをかけ、腰縄をうって監察局へ連行した。

青山は更に
「千葉権右衛門、神山健之進、千葉侑太郎、神官の八尾伊織、中原弥学の捕縛を命ずる」

と言い放ち直ちに銃卒、夫卒ら二十数名が表へ走りだしていった。捕り手の連中は風吹きすさぶ中、四方に分かれて指名手配の家々に向かった。高森神社の神主八尾伊織は、

「召し取りである、神妙にせよ」

の言葉を聞くと体をぶるぶると震えさせその場に座り込んでしまった。蟄居中の神山健之は、流石に上級武士らしく泰然とし身支度を整えて縄についた。筆頭家老千葉権右衛門宅へ向かった捕り手は、蟄居謹慎中の家老宅に土足で上がり込み色々と調べ上げて出ていった。つい先日までは殿に次ぐ重役の千葉に米つきバッタの様に這いつくばっていた家来が

「こら、立たんか、ぐずぐずするな」

しかり飛ばす様子を家人たちは、身を寄せ合って悲しむばかりであった。この報は、城下の人たちにも人づてに伝わり天地がひっくり返ったような驚きを与えた。

大広間の士族一同は退席を許されず、出入りは禁止である。捕らえられた者たちは、その夜から翌朝まで不眠、不休の取り調べと拷問があった。士族たちは、翌十三日朝の十時にようやく解放された。藩庁に連れていかれた者たちは、青山や監察の役人の前で厳しい尋問を受けた。取り調べ中にどんな共犯者や証拠物件が出るやもしれぬ恐怖心から士族一同は生きた心地がせずまんじりともせぬうちに夜が明けた。ようやく家に帰ってホッとする間もなく十四日午前八時に全員出仕を命ぜられ、その翌十五日も全員に出仕命令が出された。その間に不穏な動きや逃亡を企てる者をあぶり出そうとする狙いが透けて見えた。

苗木藩の牢屋の一つは風吹門を抜けて五十歩余り、崖下に木曽川が流れる岩壁を背に建てられおり逃げることは難しかった。千葉権右衛門は、流石に独房に収容されたが、古代中国の学者屈原の詩吟を愛吟していた。屈原は、楚国の懐王に仕えて高官になったが同僚に妬まれ長沙に放逐されたその時に詠った
〝世を挙ゲテ、皆濁レリ、我独リ清《ス》メリ、衆人皆酔ヱリ、我独リ醒《さめ》タリ〟

この詩を朝な夕な口ずさんで荒《すさ》む心を癒していた。

(あの成り上がり者の青山直道に殿もぞっこん入れ込んでいる。確かに時代は変化しておる。しかしこれだけ急激な改革なるものを進めていっていいものか。二百七十余年続いた我が藩の繁栄もついに滅びる時が来たのか)

代々家柄を守り遠山家に尽くしてきた千葉家の、最後の家臣になるかも知れない権右衛門はまんじりもしないで明かす一夜が多くなった。

一月二十四日、朝から千葉権右衛門、神山健之進、千葉侑太郎、中原央、千葉武男と小物の宮六と治助が呼び出され再吟味が始まった。この時代は、取り調べに決まった法則とか定めがなかった。取り調べ側の一方的なやり方と観測で事態が進んでいくのだ。むち打ちや逆さつりなど忍耐を超えた拷問は、絶叫とわめき、悲鳴となってかえってこれが責め立てる役人たちの心を逆上させる。

「これでも吐かぬか、そらならもっともっと責め立てるぞ、覚悟しろ」

役人たちが興奮しさらなる刺激を求めるおぞましい仕打ちに駆り立てるのであった。調べられるほうは、身に覚えがなければどんなに激しい拷問を受けようとも答えようがないから終わりがなくなるのだ。激しい拷問で千葉権右衛門は、その夜、息も絶え絶えで獄舎

のせんべい布団にようやく身を横たえた。夫卒の持ってきたおかゆと汁を前に
「これはいらぬ、口の中がひりひりして何も喉を通らぬわい。水を少し所望するぞ」
取り調べ中に口に放り込まれた何か得体の知れぬ液体の残りが、喉の奥でこびりついていた。翌二十五日、藩は
「千葉権右衛門、神山健之進、中原央、千葉武男、罪科ノタメ家財、田畑没収ノ事、ソノ家内ノ者一同親族へ引取ノ上謹慎候様仰付ケラル」
と命じた。

牢破り事件、宮六に続き中原、千葉も

二月十四日夜、昼となく続く役人たちの拷問に耐えがたく宮六、治助と横谷要人の三人が牢屋の天井板を破って脱獄した。獄舎の下にほぼ垂直に伸びる絶壁を奇跡的に一歩一歩ずり落ちながら目の前を流れる木曽川の流れに身を任せた。川の対岸からは尾州の山村代官の支配地で苗木藩は手を出せない。朝になり朝食を持ってきた牢屋番は、びっくり仰天し上役に知らせたがどうしようもない。早速、城下町や村々に逃亡犯人の人相書とともに

見つけ次第知らせるようにとの張札が出された。

宮六らの逃走で面子をつぶされた苗木藩庁は、失点回復のため中原央、千葉武男から何かを吐かせるためにこれまでにないやり方で二人を責め立てた。

(このままでは殺されるかもしれない、どうせ死ぬなら一か八《ばち》か牢を破って岩村藩の川口三治さんに助けを頼もう)

中原央は、岩村藩士の川口三治と知己であったから千葉武男と計らって三月十五日の午前四時ころにすきを見て牢を破った。宮六たちと同じく断崖絶壁を手探り足探りで岩角や頼りない木の枝を頼りに下を目指した。

途中で武男が
(あっ、危ない、助けてくれ)

と叫び転落しかかった。天の助けかすぐそばにかなり生育した松の木がありこれに引っかかって命拾いをする一幕もあった。夜が白々と明け始めた頃木曽川の河原に身を横たえることが出来た。幸いそばにあった小舟を借用し向こう岸へ渡ることが出来た。苗木から岩村までは、十数キロの距離だがその日から三日間二人は飲まず食わずで、昼は森に隠れ夜間に月の明かりを頼りに目的地を目指した。岩村藩は、徳川幕府の親藩で藩主の松平家は譜代大名だった。

十八日の明け方二人は川口家の門を叩いた。扉を開けた下男は息も絶え絶えの二人を見て直ちに主人に知らせた。

「二人の武士が門のところに・・・」

下男は、気が動転し後の言葉が出てこない。寝間着姿の川口が刀を片手にしてかけつけた。

「おーっ、中原殿ではないか、どうされたんじゃ」

疲労困憊し幽霊のような二人を代る代る見比べながらいぶかった。

「我らは何の罪もない」

中原がこれだけ言ってがっくり首をおろした。

「まあ話は後でよい。取り敢えず口に何かを入れねば」

妻を呼びやつれはてた二人を奥に運ばせくず湯とお茶を出した。続いておかゆと薄味の味噌汁が出来上がるころまでに、二人は川口に今回の脱走劇をこまごまと話した。尊王攘夷論がかまびすしい頃に岩村藩は、当然の様に幕府支持派が多かった。しかし家茂が死去したころから藩内は、勤王派と佐幕派とに別れ激しい権力闘争が始まっていた。川口が目をかけてもらっていた佐幕派の家老沢井市郎兵衛は、敗れてお家断絶になっていた。明治新政府のもと世上は混沌としていたが、その余波が岩村藩にも押し寄せてきたのだった。

（困ったことになったわい。苗木藩の罪人を、しかも脱獄犯人をかばうことは、ちょっとな、俺の手に負えることではない）

二人を奥の自分の部屋で寝かせると、着替えを終わり大急ぎでお城に出かけて大参事の味岡市平に今朝からの出来事を子細漏らさずに話した。

「それは容易ならぬ出来事だな、すぐにでも藩庁へ知らせねばならぬ」

驚いた藩庁では

「破牢人として取り押さえ苗木藩に受け取り方を求める使者を出す」

事に決した。十八日の午後、岩村藩からの使者が苗木藩に来ると、石原大参事が面会したところ

「貴藩破浪人、中原央、千葉武男コト、当藩川口三治方へ今朝罷《まかり》越シ候ニ付捕押《とらまえ》サエ置候間受取差出サルベク候」

との申し出があった。

つまり岩村藩の川口宅へ今朝来た牢破りの二人を捕まえたので、引き取りに来て欲しい

ということだった。苗木藩庁は、早速監察の小林安五郎に
「警護人十余名を引き連れて岩村藩へ行き、脱走犯人の中原、千葉二人を連れてくるように」
と命じた。岩村藩では、二人が三日間絶食状態で疲労の極限状態で、死にかけの病人と同じなので十九日は休養日とはからってくれた。三月二十日の朝、小林安五郎の一行は二人を網駕篭《かご》に乗せて阿木街道から大井宿に出て休憩し、まだ日の高いうちに苗木城内に入った。桜の開花はまだだったが、木々の新緑が木曽川の川面に映りホトトギスのさえずりが旅人の心を和ませていた。しかし脱獄し捕らえられた二人にとってこうした景色は目に入らなかった。
（これからどうなるんだろうか、前よりももっと厳しい責め立てがあるに決まっている。御家老はどうなったのかな）
中原は千葉権右衛門の身の上を気づかった。千葉武男は例の秘密会で
（あんな若造の青山直道なんか消したほうがいい）
冗談交じりに出た言葉だが誰の口から出たかは口が裂けても言えないと心に堅く決めていた。

自分たちの運命が、どうなるのか思うだけで身震いが止まらなくなり始めた。今回の二人の逃避行は、岩村藩に微妙な優越感を与える結果となった。つまり明治新政府への帰順で遅れをとった岩村藩だが、苗木騒動で相手の内情がよく分かりしかも犯人の差出しで苗木藩に恩を売ったことで日頃の劣等感を取り戻した感があったのだ。四月五日、苗木藩から岩村へ使者を遣わした。二人の捕縛《ばく》の慰労金を関係者に贈ったのである。翌六日には、逃走中の宮六が捕まり連行されてきた。

諸事の改革

将軍が天皇に替わり仏教が国教のような時代から復古神道の平田学尊重への時代となったが、長い間に浸み込んだ封建思想の身分制度や習慣をすっかり改めることは法律の具体的な改めが必要だった。苗木藩庁は色々な改革を打ち出す。藩庁官員に関する改定された欠勤規定を見てみよう。その一つは

一、産土神、氏神神之祭礼

一、祖先之靈祭

一、近親ノ見放シ難き病人
産土神《うぶすなかみ》は、その人の生まれた土地を守る神のことだが、上記の三つに該当すれば欠勤してもいいという規定を作った。また藩外へ出かけた時に木曽川が増水して渡れない時は、城側へ戻れないと書いた文を従来は矢につけて放っていた。それは川明けを待って帰藩してからその理由を届けるだけで良いと改正した。毎年、お盆、正月、藩主の命日、仏事の日は、殺生禁止であったのも廃止となった。その理由は
「殺生を禁ずるは、僧のたわごとより出所《いずる》にして我が皇国の風に非《あら》ず」
であった。

遠山友禄の入門

この頃文明開化の波が東京、横浜を中心に押し寄せていた。一八七〇年（明治三）一月二十六日に東京－横浜間の電信が開通している。人力車は、和泉要助、鈴木徳次郎、高山幸助の三人が、発明したとされている。要助は七十年三月二十二日に東京府に人力車の製造及び営業を申請し日本橋で営業を始めた。靴は西村勝三が兵部省大輔だった大村益次郎

から
「なあー、西村、輸入の靴は寸法が大きく日本人には不向きだ。日本人に合う靴を作ってくれんか」

と頼まれて七十年四月に東京・築地入船町に伊勢勝三靴場を設立した。これが、日本で皮靴づくりが始まった元年である。

一方、生活が苦しくなった士族、農民、町人らによる一揆が全国至る所で頻発していた。高松藩、新潟県、伊那県、松代藩、仙台藩、宇和島藩、名古屋藩などで人民がむしろ旗を立てて藩庁へ困窮の現状を訴えていた。

二月二十七日、東京の平田鉄胤から友禄が出していた平田門の入門に許可状が届いた。続いて藩士の宮地一学、三十四歳、棚橋亘、三十歳、纐纈惣佐衛門、三十六歳、安江源右衛門、三十六歳にも許可が出た。皆が藩の重役であった。この時、友禄は五十二歳で一同の中でかなりの年配者であった。苗木藩では、青山景通が最初の門人だが友禄は、六十三人目で早い方ではない。この時藩内では、百九十一人の門人となっていた。菊池保男「平田門人帳について」によれば美濃国は、三百七十二人、信濃国六百十二人で苗木藩は武士三十六人、百姓百五十五人である。美濃国の平田門人の過半数が苗木藩である。藩知事入門は話が、次から次へと伝わる度ごとに藩内は重苦しい空気に変わっていった。
（藩の主だった連中が平田学派で占められたということは、次の変革がどうなるかだ。色々と強制されることが多くなりはしないだろうか。徳川幕府に変わって神道一辺倒の世の中がどんなものか）

苗木騒動を目の前にした領民に恐怖心にも似た不安な空気が次第に広がっていった。四月二十九日、脱獄者である中原央、千葉武男に対する尋問が始まった。当然、彼らの家族にも冷たい仕打ちがありじーっと我慢する以外手立てがなかった。二人には、昼も夜もない生死すれすれの拷問が続いた。明治の夜明けは平田一門を除いてこの小藩に明るい陽をもたらさなかった。

明治政府は、七月九日、手踊り、芝居、浄瑠璃、道祖神祭り、念仏踊り、地蔵祭などを禁止した。平田神道による神仏分離、俗神道排撃が民族行事を失くした。一方獄舎では、神山健之進が六月下旬から全身にむくみが来て危篤の状態となり七月六日に息を引き取った。

苗木騒動関係者の処罰が決まる

十月初旬に東京の刑部省から千葉権右衛門ら関係連者一同に裁許状が届いた。つまり裁判で言えば判決文である。その主な内容は以下の通りである。

終身流罪　千葉権右衛門
五ヵ年流罪　千葉侑太郎
終身流罪　中原央、
同　千葉武男
五ヵ年流罪　横谷要人
同　神山健之進（牢死）

裁許状の中では千葉権右衛門について

「永久蟄居を命ぜられ、近親者とも会うことを禁じているにも拘らず同志が相集まっていた。その上に朝廷の官人を呪って調伏していた」

と罪状を述べている。

流罪は島流しだが、このほかに懲役である徒刑三年に八尾伊織、医師免許取上げのうえ蟄居、水野甫松、隠居、中原弥学、隠居の上に蟄居が神山茂など十五名の処断があった。いよいよ東京へ連れて行く流罪人を護送するために、召連役として監察小川小次郎、監卒村上左内らが選ばれた。ところが八月十四日、護送を前にして千葉侑太郎、中原央が獄舎で志半ばにして亡くなってしまった。城山北東の墓地へ目立たぬように運ばれていく二つの棺桶、細い山道のそばには真っ赤な彼岸花が、空には無数の赤とんぼが野辺の送りを見守った。

十月下旬、千葉権右衛門らの東京への護送の日を迎えた。権右衛門は、三年に及ぶ蟄居に加え牢獄生活でくたびれ果てていた。立ち上がり歩くのがやっとという有様で、気丈な彼も獄卒たちに抱きかかえられて唐丸駕篭に乗せられた。夜が明けやらぬ午前五時の七ツ半に木曽川上地の渡しを越えて中山道を目指した。夜が明けて中津川の宿にさしかかったが、噂を聞いて権右衛門ら三つの唐丸駕篭を見ようと大勢の住民が人の輪を作った。駕篭の中の権右衛門は、垣間見える人の視線をじーっと耐えていた。もはや座っていることそのものが、耐えられないほどの苦痛となっておりこの先の遠い東国への旅路が思いやられた。

やがて山道に入り衆人環視の目ははずれたが、駕篭かき人夫の足取りが重く息遣いも荒くなってきた。坂道が急になってきたことが、駕篭の中からでも伺われた。休憩なしの強行軍で、罪人、護送役人たちも疲れ果てていた。ようやく馬籠の峠茶屋に着きここで昼食になった。ここの茶屋の名物は、栗こわ飯で〝栗強飯屋〟の暖簾を見て、監察小川が交代で食事を取るように告げた。小川が

「罪人たちに水を与えよ」

と命じたので護送役人が筒竹に水を入れて権右衛門に

「それ水だ」

差し入れたが、中から返事がなかった。

「これ、権右衛門、お情けの水だ、飲め」

一段と声を大きくしたが、返事がない。

「おかしいな、どうしたんだ」

声を出して駕篭を開けると

途端に権右衛門が前のめりに倒れてきた。

「おーい、水だ、いや薬だ」

と騒ぎ立てる役人たちの声は、息の切れた権右衛門には届きようもなかった。監察の小

川は、
「急病人扱いで、苗木に引き返せ」
と命じ護送役の一人を付き添わせて苗木に戻らせた。その夜、元家老の遺骸は、人知れずに埋められてしまった。権右衛門の妻多佳は、友禄の三歳年下の実妹で友禄とは仲が良かったが一八五四年に病死した。夫婦の屋敷は、三の丸北門に近く牢の向かい側にあった。藩主の義弟で家老、「改革一色」の義兄に従えば、尋常な生活が保障されたであろうが彼は佐幕派の信念を曲げなかった。

一行は木曽谷、塩尻、下諏訪を経て上州の赤城山、榛名山を望む篭原付近で、横谷要人が長い道中の疲れで息を引き取った。東京まで約八十キロの地点である。次の深谷宿まで運び宿屋の主人の旦那寺で仮埋葬を済ませた。十月二十八日ようやく江戸・愛宕の苗木藩庁下屋敷に着いた。その後千葉武男を刑部省へ護送した。

苗木事件の流罪者六人のうち、獄死三人、護送中の急死二人で、千葉武男だけが島流しとなった。この武男も八丈島へ移送中に死んだ。苗木騒動は、苗木の領民に暗い心を植え付けこうして終わった。

この頃京都の西京にある藩邸が、家財道具とともに売却された。財政難解決の一助にしようとするもので、売値は三百六十八両二分一朱。藩の古い文書が中津川の商人高木勘兵衛に二百五十両で払い下げられた。

木曽谷平田門人の結集

信州・伊那谷と中津川の平田門人との交流は、深まり連絡も密になっていった。慶応三年三月二十四日、伊那谷の山吹きで計画されていた本学神社の落成式が行われた。国学四大人を祭るもので、荷田春満の円鏡、賀茂真淵の短刀、本居宣長の鈴、平田篤胤の水晶玉と陽石が飾られた。

中津川からは、馬籠峠を越えて伊那谷出身の市岡長右ェ門殷政と間半兵衛長矩が駆けつけた。式典も終わり夕餉の宴になり百有余名の顔ぶれを眺めながら、庄屋の肥田馬風は市岡に話しかけた。

「平田先生の秘蔵品の陽石がよく手に入りましたね。産靈神《うぶすなかみ》として国生みの思想を表現しています。我々同志を結びつける要石としてご神体としましょう」

やがて一座に回ってきた短冊集にそれぞれの感慨を書いた。

〝とことわに　しづまりゐませ玉松の小枝の山の　大宮どころ〟
秀矩

〝移し植えし桜は　枯れず千万代〟
馬風

賑やかな宴の会は夜のふけるまで続いた。五十九歳になった市岡は、本学神社の創建で（いよいよ倒幕、尊王の夜明けだな、これを機会に苗木藩、中津川、山吹藩などと伊那谷の同志との結集を図らねば）

心中深く期するものがあった。

神葬への改宗政策と遠山友禄の改宗

苗木、中津川でいち早く神葬祭に転換したのは、中津川宿の平田門人、間半兵衛秀矩だった。一八六八年（慶応四）五月二十二日で彼は、平民で初めての神葬祭届出者だと自負していた。続いて明治元年八月十六日に青山景通が一八六九年九月二十二日には、福岡村の安保謙治、苗木日比野村の植松一郎が続いた。

慶応四年九月八日から年号が「明治」になり、十月十三日に江戸城が東京城になった。十月十七日初代藩主遠山友政公の二百五十回忌の仏事が雲林寺で二夜三日にわたり行われた。十九日が法要の最後の日だったが、この法要がこの寺で最後になるとは誰が想像しただろうか。明治政府は、神道国教化の具体策として一八六九年九月に「宣教使」なる官制を設けた。その狙いは、復古神道により天皇を神格化しそれまで国教ともいうべき仏教を捨てて神道を国教化することにあった。「宣教使」は、その先兵を役割とする官吏であった。翌明治三年三月、知事と参事を宣教使に任じた。すでに神祇官は、太政官の上位に置かれ神職はすべて官吏として遇せられた。苗木藩校、日新館の主事曽我祐申は宣教使になりその任の手ほどきを受けるため上京した。

一八七〇年（明治三）八月、友禄は、中央政府の役人である弁官に神葬改宗を願い出て聞き届けられた。友禄の改宗は、領民の改宗をも意味するもので単に個人の考えの変更には留まらない重みを持っていた。この数日前に藩は

「知事様が近日中に神葬御願出につき士族、卒族に至るまで神葬を願い出るよう」

と神葬改宗するように促していた。更に藩は、政府弁時役所に

「領内の士族、卒族全てが神葬に改宗するが差支えありませんか」

とお伺いをたてた。

「差支えない」

との返事を得て藩内全ての人々の改宗と仏教無用論の方針を全面的に打ち出した。友禄の改宗によって、藩主歴代の菩提寺である雲林寺はもはや無用となった。この寺は、臨済宗妙心寺派であり領内の多くが雲林寺を本寺とする妙心寺派の末寺であった。創設がいつだったかは、不明だが一六一四年（慶長十九）九月に僧侶の住居である方丈が建てられた記録がある。

これは本来、大ごとで領内の本山ともいうべき雲林寺が廃寺となればその末寺も無用になる。徳川幕府時代の仏教国教政策から神道国教制へと一変するわけである。領内の寺という寺の関係者は、すべておろおろし平田門人たちだけが誇らしげな顔つきで街道をかっ歩していた。

遠山友禄は、平田門人となり神葬改宗をしたので
（これで心に秘めていた神国日本の理想を達成する政策が、誰にはばかることなく実行できるんだ。今こそ我が信念を達成すべき時だ。その助っ人として青山がいるしな）

嬉しさが腹の底からこみ上げてくるのを押さえきれなかった。友禄は戦に出たことはあ

まりないが、（全国の諸藩に先駆け明治の御一新の先頭に立てれば敵陣を突破し一番のりした手柄に勝る）

と意気込む日々だった。六月九日苗木藩に接する名古屋藩の付知村に名古屋藩が「神社御改帳」を作るように命じた。そこで付知村は、村内の二百三社を調べ挙げて「恵那郡付知村神社御改帳」を作成し提出した。仏像をもって神像とするような神仏混淆《こんこう》を取り締まるためだった。

第五章　廃仏毀釈断行

廃仏毀釈断行　藩主菩提寺を廃寺に

水戸藩と長州藩は、すでに江戸時代に廃仏毀釈に似た政策を実行していた。水戸学と称した儒学を重んじていた水戸藩では、一六六六年（寛文六）、水戸光圀が千九十八の寺院を整理している。水戸斉昭は、一八三〇年から四四年に行った天保の改革で藩内の神社を神仏混淆から唯一神道に改めたほか僧侶、修験は出家を辞めて神主が神社を管理する。加えて家臣の仏葬、法要を廃し神葬祭にする。無住寺院の廃寺、念仏堂などの廃棄を行い百九十の寺院を処分した。

長州藩では、一八四三年（天保十四）に寺社、堂庵九千六百六十六、石仏、金仏一万二千五百十九などを破棄し一村、一社に近い形になった。明治維新の神祇官導入を導いたのは、津和野藩主の亀井茲監《これみ》らであった。同藩では、一八六七年（慶応三）六月に社寺改正を行った。一六一七年（元和三）以降に建てられた神社はそれ以前からあった神社に合祀する。寺院も本寺または最寄りの寺院に統合することを命じた。ただこれは整理で廃仏ではなかったが。

一八七〇年（明治三）八月二十八日、大参事青山直道は、廃仏毀釈の布告を発した。廃仏毀釈は、仏法を廃し、釈迦の教えを棄却することである。

「今般知事殿をはじめ士族、卒族に至るまで神葬祭願い済みにつき支配地一同神葬に改めるように」

但し書きが付いた。

「九月十日までに届け出ることと神社のうちには、未だ神仏混淆のところがあるので、速やかに改めること。また堂塔ならびに石仏、木像等は取払い焼捨て、あるいは埋めること」

布告の知らせは、瞬く間に村々中を嵐の様に吹きまくった。苗木藩では、各村々に神葬祭世話係を置いてその普及と指導にあたらせた。

「仏様などを早く処分をしないと縛り首になるだげな、そのうち藩庁から見回りが来るそうな」

「難儀なこっちゃ」
誰言うことなく流言が飛び交い、村人たちは右往左往しながら首をすくめていた。あちらこちらで石仏を斧で打割る人、石碑を川沿いに運ぶ人、お地蔵さんを掘った穴に埋める人たちの姿を村役人があれこれと指揮をしていた。平穏無事の世の中ならこの季節、山里は秋の名物キノコの収穫時で賑わうはずだ。なかでも目玉のマツタケは、高山村木積沢あたりから笠置山ふもとの蛭川《ひるかわ》にかけたあたりが穴場だ。
笠置山は、加茂郡の中之方村、恵那郡の蛭川村にまたがる最標高千百二十八メートルのなだらかな稜線を持った山で舟伏山とも呼ばれていた。十世紀の後半に花山天皇がこの地を訪れ山頂近くに笠置大権現を建立した。京都の笠置山に似ているところから次の二首を詠まれた。

〝ながめつつ　笠置の山と名付けしは、これも笠《かさ》置くしるしなりけり〟
〝残しおく　ここに大悲の　姿こそ　すえの世までの　遺物ともなれ〟

と詠まれ笠置山となったという。笠置山を越えていくと加茂郡の黒川村に至る。苗木城下から付知村、竹原、下呂に抜ける街道筋の苗木、並松、瀬戸村のあたりは例年殿様に献上するマツタケの秀逸品が採れるとあって入山を厳しく規制していた。それでも闇夜でも提灯なしで歩けるほど、勝手知ったる地元の人がそっと持ち帰るのを見つけることは難しかった。首の周りを真綿で占められるような息苦しさを感じていた村人にとり、キノコ狩りはほんのひと時の慰みごとであった。

九月初めの午後、藩庁の大広間に管内の全寺の住職が集められていた。秋空に白い雲が恵那山にたなびき、爽やかな空気が四方に満ちていた。初代藩主の菩提寺である雲林寺十七代目の僧侶剛宗を筆頭に十四カ所の寺の僧侶たちが、心配そうな顔つきで神妙に控えていた。しわぶきひとつない静寂を破って正面の襖《ふすま》が開けられた。大参事の青山直道をはじめとする関係役人が並んで座り小参事の水野忠鼎が

「只今、藩知事殿よりの伝達事項を青山大参事から申し渡されます」

と言うと、青山大参事は懐から一通の書き物を取り出して重々しく読み始めた。

「今回、王政復古に付き、領内の寺院に廃寺申し付候、速やかに御受けすべし、就いては還俗する者は従来の寺有財産及び寺建物を下され、苗字帯刀を許し、村内里正すなわち村長の上席たるべし。以上」

言い終わると直道は、誰もが異存なかろうかとばかり一同をじっと見据えて首を回した。暫く間をおいて青山は

「くれぐれも、異存なきようにとりはかられよ」

と言って奥の間に消えた。僧たちは、黙ったまま深く頭を下げた。ひとまず雲林寺へ集まった僧侶たちは、先刻の青山大参事の言った廃寺の方針について話し合った。福岡村片岡寺の大嶺和尚が、言いにくそうにあたりを見回して口を開いた。

「先日青山殿が寺に見えてのう、拙僧と信徒二人を呼び出し持参の魚を前にしてこう言われるのじゃ。この魚を食うてみよ。食わねば汝らは、平素魚を食い妾《めかけ》を置いているではないか」

と先に調べてある事をいちいち並べ立て糾弾する。

「もし汝らが廃仏を承知すれば許してやる。さもなくば、寺をつぶし地蔵で橋を架け、木像の仏で風呂を焚き入らせるがどうだ。こう脅されたから魚を食べ廃仏を承知いたしました。誠に相すまぬ次第です」

「寺の建物、財産など一切を自分のものにでき、その上に身分は村長より上席と言われたな、苗字帯刀も許される。なんと有難いことか」

次いで姫栗村長増寺の珉州和尚が、こう言って受入れを表明した。次に
「黒川村、正法寺は僧籍離脱を本山に書類を送ったと聞いておるが」

と蛭川村宝林寺の義宣和尚が問い正した。

「その件でうち寺の方針をお話しいたします」

正法寺の若い僧の全勇が立ち上がって皆を見回し話し始めた。

「これは身内の恥話ですが、うちの師の鳳仙和尚が、先月に藩の刑法局から不行跡があったとして寺を追放されました。それで私が後を任されましたが、若い自分としてはこれまでの仏教というものに疑念を持たざるを得ません。京都の立派なお寺さんにしても豪壮な寺の内部や庭園を競い、一方で魚も肉も食べ放題、おまけに色街で女遊びに呆けていると聞いています。そんな日常よりも帰農して新しい道を歩もうと決心しました。それで三日前に廃寺を見越して本山に僧籍離脱を届けた次第です」

二十九歳と聞いていたが若いだけに、新しい時代を見据えて確固とした信念で身の振り方を語った。しかし残りの僧たちは、なにがなんでも仏教に生きるという殉教の気持ちはなく時代の流れに身を任せる様子であった。夜更けてからの衆議一決で
「こんな世の中だから抵抗してもどうしようもない。藩の命令に従って潔く帰俗しよう」

ただ雲林寺の僧浅野剛宗だけが
「自分は僧籍離脱はできぬ」

と言い張った。まだ四十三歳と若かったが、藩主の菩提寺の住職とあって領内では名士で通り領内では藩主同様に領民はすれ違えば土下座して見送っていた。雲林寺は一六一四年（慶長十九）十月、大阪冬の陣戦争のさなかに住職の住まいである方丈の棟上げをした。初代藩主の遠山友政は出陣で留守だったという。剛宗が帰俗する意思がないと分かって友禄は扱いを青山大参事と相談した。青山が

「五人扶持を与え、日新館の教師にする」

という案を出した。扶持は武士に米で与える給料で毎月五人分の米代金を払うという待遇である。

「拙僧は遠山家代々の墓をお守りして参った。廃寺は受入れ難いが、どうしても帰俗というなら下野村の法界寺で僧を続けたい」

それではということで、

「参百両と寺の什器、財物一切を与えて領外へ退去」

ということで折り合った。剛宗は北恵那街道にあった天領である下野村の法界寺へと城山を後にした。天領は、幕府の直轄支配地で苗木藩は手を出せない。明治維新神佛分離の資料によれば剛宗は、その後寺内に在住の婦人と関係を生じたうえに金の使い方が荒く大

きな借金を抱え佐見村の大蔵寺《だいぞうじ》に移り一生を終えた。この寺も雲林寺の末寺であったが、下野村と共に佐見村には、幕府の直轄地があり笠松郡代の支配下にあったので廃寺の災難から逃れていた。寺の格式に支えられ安易な僧坊生活を送った身では、明治御一新の荒波に耐えることは叶わなかった。

雲林寺廃寺の後残りの僧で神主に転じたのは、犬地村積善寺の吉田省三、赤河村昌寿寺の小池権右衛門ら数名の寺僧に過ぎなかった。その他の者は土地を売り食いする者、発狂する者、溺死する者など末路はみじめであった。すでに城内にある鎮守龍王権現宮は、高森神社に改められた。これまで龍王大権現を管理していた龍王院は高森神社の社務所となった。

さて隣町の中津川宿だが、徳川時代に大名や侍たちが、わがもの顔でのし歩いていた街道筋は今や明治政府の官員、抜け目のない商人たちで賑わっていた。無尽講を手掛ける岩井助七の屋敷は下町ながらどっしりと格子造りの大家であった。ある晩にこの屋敷で平田門に入門した藤井久治郎なる者の祝賀会が開かれた。藤井は、岩井に師事し入門に漕ぎつけた若者である。祝い酒や会席膳も出て和やかな雰囲気になったころ、苗木藩の廃仏毀釈に話が移った。

「聞くところによれば、苗木藩潮見村の仏教徒の二百戸が神葬祭に改葬したので驚いた旦那寺の久田見村の法誓寺が本山に訴え出たそうだ。それで大勢の使僧が中津川の西成寺に泊っており明日苗木藩庁へ直訴に行くとか」

酒屋を営む酒井勘助が、西成寺に寄って聞いてきた話を披露した。翌朝本山の使僧たちは、藩庁の玄関先で

「拙僧どもは、京の本山より参った者、何とぞ青山大参事殿にお目にかかり申し上げたき義あり、御面会お取次ぎ願いたい」

丁重に申し出たが、長い時間待たされた挙句

「応接の筋合いはござらぬ。お帰りあれ」

ぶっきらぼうに言い捨てられて玄関の戸を閉められた。

平田門の先覚者である間半兵衛秀矩は、一八六八年（慶応四）五月に日本最初の神葬平民となり範を示した。そういう土地柄か中津川の平田門人たちが、宿場から少し外れた中津川々岸の河原で家から持ち出した経典、仏壇、仏具、仏像、絵巻物などに火をつけた。川風に煽られて赤い炎が川面を照らし、人々は舞い上がる灰をものともせずに次から次へと神棚、木魚、位牌などを火の中へ投げ捨てていた。

友禄にとって中津川の町民の多くが、廃仏の動きに出たことは勇気を与えた。青山直道に探らせると、父に頼み全国の状況を色々と調べた結果として次の様な報告を寄せた。

「島津藩では苗木藩と同じく島津家の菩提寺の福昌寺が廃寺になりました。藩内にあった千六十六のお寺さんは、すべて廃寺になりました。四万三千石の島根・津和野藩では藩主、亀井茲監《これみ》殿が急進派です。藩校の養老館は、神道国学を重んじて藩は、慶応三年六月に社寺改正を行いました。一六一七年（元和三）以降に建てられた神社は、それ以前にあった神社に合祀する。寺院も本寺または最寄り寺院へ統廃合を命ずるとしました。伊勢山田では、神宮領内での仏教葬を禁じ神葬祭に改め、百九十六ヶ寺を廃寺に、松本藩では藩知事、大参事が平田・水戸学を奉じ領内にある九十二ヶ寺のうち七十三寺を廃寺にしました。

越中富山藩では、各宗派をまとめて一カ寺にしてあとは廃寺にすべしと命じ千六百三十五寺を七カ寺に統合し藩兵を辻々に見張らせたそうです」

「なんでも寺の跡地に兵器工場を作ったとか、聞いておるがそれはまことか」

友禄の問いに青山直道は

「間違いありません。神祇省の父に直接尋ねましたが、林太仲という大参事が、寺の跡地に兵器工場を造らせて梵鐘や仏具をつぶして兵器を作ったそうです」

「なるほど、すごいな、そのほかの藩の動きは、分かっておるか」

「はい、土佐の高知藩では、厳しく廃仏政策を進めた結果、六百十五ヶ寺のうち四百三十四ヶ寺が廃寺になりました。お参りとかお布施を禁じたのがお寺には響いたようです。」

「苗木はまだまだ手ぬるいといってもいいぐらいだな、青山」

「いいえ、でも藩内の寺を全部廃寺にしたのは、薩摩藩と我が苗木藩だけですからその意味ではよくやっているかと」

「なるほど、そう言われてみればな」

「それから隠岐の島ですが、島前、島後の二つの島で九十九ヶ所あった寺が全部廃寺になりました。仏像、仏具、堂庵もすべて壊され僧侶は皆無になりました。佐渡島でも五百三十九あった寺が八十になりました」

　こうして全国九万寺の半数が破壊された。青山の廃仏の全国情報は、友禄の思いを実行へと進める第一歩となった。

遠山友禄の藩内巡察

「それでは藩内を視察し廃仏毀釈の進み具合を点検する必要があるな、復古神道を藩内にくまなく伝えねばな。青山大参事、どう思うか」

「はい、そう思いますが、まずその前に見回りの者をお遣わしになってはどうでしょうか」

「そうか、それは良かろう」

数日後、小参事水野新兵衛、監察の岩瀬邦雄ら三人とその部下数人が笠置山の麓の村々を目指して足早に向かった。やがて中之方村に差し掛かり雲林寺の末寺の心観寺の鐘楼が姿を現した。一六四八年（慶安元）に建てられた古刹だが、今は廃寺となり和尚は帰俗し藤井俊蔵と名乗っている。境内は草が伸び放題で、昔の面影は見られない。巡察の一行は中之方村から切井村、赤河村、犬地村、河合村、姫栗村、黒川村、神土村などを次々と巡回した。帰藩してからの報告によれば

「黒川村では、不動尊像を密かに隠していた百姓を見つけ竹矢来で家を囲んで禁足させました。それから越原村では、位牌を納戸に隠していたのを見つけ青竹で股をはさんで体罰

を加えました。廃仏を拒み神道への転向をしない連中が結構いて、見つけ次第に位牌は火で焼きました。地蔵は橋に後ろ向きにしてたてかけたり、木像の仏は、風呂の薪に使い仏風呂だから有難く手で拝んで入れと言って入浴させました」

友禄は、水野新兵衛らからの報告を聞くと

「ご苦労であった。自分でもこの目、この耳で確かめたい」

と自らの巡回の日取りを青山に確かめた。徳川の幕政で、はびこった仏教、儒教を排して平田先生による復古神道で新生日本を立て直すことが維新変革の柱と確信してやまない友禄であった。後日友禄らの一行は、かねて仏壇を捨てない檀家が多いと聞いている飯地村から塩見村へ向かった。秋が深まってきた十月二十日の早朝のことである。塩見村は、大名直属の御被官役を担ってきた村で、何か事あった場合は卒族として藩へ駆けつける義務があった。そのために鉄砲を動員する員数分だけ配置してあった。

その夜一行は、塩見村の名主河方定興家に宿泊した。村人の多くは、隣にある久田村法誓寺の檀家で浄土真宗の信徒は数百人にのぼっていた。どの家にも立派な仏壇が備わり、朝夕のお祈りが習慣化していた。名主は幕府直轄地で郡代、代官などの支配下で、公務に携わった町や村の長《おさ》である。河方家には、名主を多方面から助ける後見役と各種事務の補助役の組頭が張り付いていた。そのため名主およびその周辺役は、藩の意向に忠実に従うのが当然の義務と考えられていた。しかるに友禄は河方家およびその取り巻きに、廃仏の行いをないがしろにする匂いを感じ出向いた訳である。夕食が終わった後、友禄は後見役の柘植謙八郎を呼び出した。

「その方、すでに神葬改宗のことを聞きながら、まだ仏壇をそのままにしておる。間違いないか」

「はい、仰せの通りでございます。私どもにおります七十二歳の叔父善兵衛は、仏さまを拝むのが何よりの楽しみとしております。廃仏の意向を話して仏壇を捨てると言っても泣くばかりでこちらもほとほと困っております。今日捨てるか明日にするか毎日迷っているうちに殿のお出ましの日となり誠に相すまぬことでございます。この通りご勘弁を」

と畳に頭を擦り付け平に謝った。

「何を今さら申すか。そんな言い訳は聞きとうない。さっさと庄屋の庭に仏壇を出せ」

続いて友禄に付き添ってきた小参事水野新兵衛が口をはさんだ。

「殿は菩提寺にあった先祖の位牌をすでに焼き払われておられるぞ」

驚いた柘植謙八郎が

「ええっ、あの雲林寺にあった位牌を全部ですか」
と言い押し黙ってしまった。水野新兵衛が組頭の市蔵が病で伏せていると聞き息子の為八を呼び出し
「明朝仏壇を庄屋の庭まで運び出せ」
と命じた。翌朝になると運び出される仏を市蔵が、やせ衰えた体を震わせながら
「南無阿彌陀佛」
と唱えながら見送った。更に市蔵の妻の、くめがおろおろしながら運び人に付き添い庄屋宅まで来た。縁側に座ったままの友禄や役人たちは、積み重ねた薪の火の中へ
「その本尊や後背にある掛け軸をいれよ、打ち壊した仏壇の破片も残らずに燃やせ」
いちいち指示を出した。くめは、狂ったように髪を振り乱して叫んだ。
「私ものんのんさま、如来様と一緒に燃やしておくれ」
火の中へ飛び込もうとしたが、すぐさまに村民から抱きかかえられ泣きわめくだけだった。親鸞の
〝なむあみだぶつ〟
の六文字を唱えれば、極楽浄土へ救われるという庶民の一念に対して友禄の立場は全く

異なっていた。

（平田先生の説かれるように徳川幕府下で、保護され安住してきた仏教や寺院を無くすことが日本の夜明けにつながるのだ）

堅い信念は、揺らぐことはなかった。苗木藩の廃仏の動きは、隣接する尾州藩の付知村にも波及した。すでに庄屋の田口慶成は、日新館の曽我祐申の紹介で平田門人となっていた。当時付知村の宗敦寺には、五百戸余の檀家があったのに寺を開いた田口家をはじめとし主な檀家が改宗して数十戸に減ってしまった。

苗木藩遠山友禄には、

（わが藩の変革は日本国変革につながる大事業である）

との自負があった。

「当藩がこぞって神葬祭に改めたからには、仏寺に出入りする者が一人もあって良いはずがない。もはや我が藩に仏教は無縁である。だから仏関連のものは徹底して排除すべき」

と公言してはばからなかった。

「今月中にこのあたりの仏具をすべて処分せよ、さもなくば役人を差し向けて処断する、覚悟をしておけ」

それだけ言い放って、友禄の一行は去って行った。

河方定興の廃仏毀釈貢献振りと違反者の処分

友禄が先に塩見村の名主河方家に宿泊し廃仏振りを調べたが、その河方が、その後廃仏毀釈布告の禁を破り久田見村の法誓寺と文通し処分された。河方は、直ちに仏教から神道に転向し

「平田学の著作を村々を回って講釈したい」

と藩へ願い出た。友禄はこれに感激し藩庁から

「河方定興、その方平田大人の本を近隣村々の者に読み聞かせたいとのこと、老齢ながら奇特なことである。南の方の村々毛呂窪村、姫栗村、河合村、飯地村、峯村、下立村へ回り読み聞かせた場合一日銀十五匁《もんめ》の手当を支給するから精を出して勤めること」

と藩からの返書にある。一匁は、小判一両の六十分の一を表す単位という。これを読んだ定興は

「藩命に背いた過去の汚名をそそいで、遠山の殿様へ忠勤を励まねばならぬ」

決意を新たにし山間の険しい谷や坂道を老骨にむち打って歩き回った。

一八一三年（文化十）十二月に出来上がった平田篤胤の著書「靈能真柱《たまのみはしら》」をある藩士から借りて上下二巻を丁寧に書き写した。本のあとがきを意訳すれば
「この書は天地の成り立ちを十枚の図に書き表し皇国が万国の中で優れた帝王である理由を明らかにしている。神祇の御功徳、風雨、雷鳴を説明し、来世のこと、また禍や幸せが交互にやって来る理由、人の魂の行方を論じ、古道を学ぶ人、必ず見るべき古学安心の書なり」

と記していた。初夏の朝早くこの書を持ち、下男を一人連れて草鞋《わらじ》姿で南方の村へ旅立った。既に村々には、河方定興が巡回すると御触れが回っていた。そのためにどの村も庄屋の大広間に村人を集め定興読み聞かせの場をこしらえた。ところが定興が、村々を巡回中に事件が発生した。塩見村の百姓である柘植平左衛門ら七人が、久田見村の法誓寺へ出入りして、法談を聞いていたのが発覚したのである。

事の発端は、柘植が取り調べを恐れ自首して他の者が芋ずる式に捕えられた。

柘植は、無罪と処分を免れたが切井村の百姓山口又十郎は、寺で法談を何回も聞いた上に仏像を隠し持っていたのがばれて一番重い笞五十回の刑に処せられた。藩庁の広間の板

敷の上の椅子に座っていた役人たちは、目の前の土間のむしろの上に腹ばいになった罪人の一人一人をピシャ、ピシャと力一杯たたきつけた。百姓たちのあげる悲鳴が暫くするとうめき声に変わっていった。廃仏に違反し心の支えを失った農民たちを、天皇に仕える新政府の役人という自尊心だけで過酷なむち打ちを行ったのだ。

それはかつて、徳川幕府が、キリシタンを邪教徒として厳しく探索し、はりつけや火あぶりにした弾圧と変わらない権力者としての強権ぶりを苗木藩は、民衆の前に見せつけたのである。四民平等の世が来たと新政府がうたいながらの時である。やがてむち打ちが終わり、農民たちは藩庁の門の外に丸太棒のごとく放り出された。外は雨が激しく降っており、まるで死人のように横たわった六人は急を聞いて駆けつけた家族が引き取るまでほってておかれた。

東白川村の廃仏　四つ割りにされた常楽寺の名号碑

苗木藩領の北部にある山深い東白川村にも廃仏の嵐は吹き寄せた。岐阜県加茂郡の最北端に位置するこの村は、旧神土村、同大沢村などが合併してできた岐阜県で一番小さな村で村内の九十％が森林だ。従って林業が盛んで東濃ひのきの主産地として名高い。村は、標高千メートルの山々に囲まれており、その中心を一級河川の白川が流れている。現在では美濃白川茶、飛騨牛の生産地として知られている。純朴な農民ばかりだけに、お上のお達しは素早く領民に浸透した。神仏分離令が出るとすぐに、村中が総出で朝から仏像壊しに精を出した。安泰山常楽寺という寺院があり、臨済宗妙心寺派に属していた。昔は常楽院といい、飛騨厩野《みまい》の威徳寺の末寺であった。遠山友政が、雲林寺を創建しその後領内統治の一環として雲林寺の末寺にした。同寺十一世僧侶の自重は、やむなく帰俗して安江良左衛門と名を改めた。廃寺後に位牌などは、ほかの仏具と共に寺の境内で焼き捨てられたり、ほかの藩に売りはらわれた。寺の象徴であった梵鐘が鐘楼と一緒に百両余で、尾張国前飛保村深妙寺に売られた。

村内には、阿弥陀堂、観音堂、地蔵堂、薬師堂などがあったが、そのほとんどが焼かれたり土の中に埋められた。神土地区常楽寺の門前には、高さ二メートル三十五センチ、幅七十七センチ、厚さ五十センチの天然石の名号碑《みょうごうひ》がデンとして建っていた。真ん中に

〝南無阿弥陀佛〟

と彫られていた。一八三五年（天保六）五月、信州高遠から、石工の伊藤傳蔵を呼び百

◀四つ割の南無阿弥陀仏碑

▼四つ割の南無阿弥陀仏碑の銘文

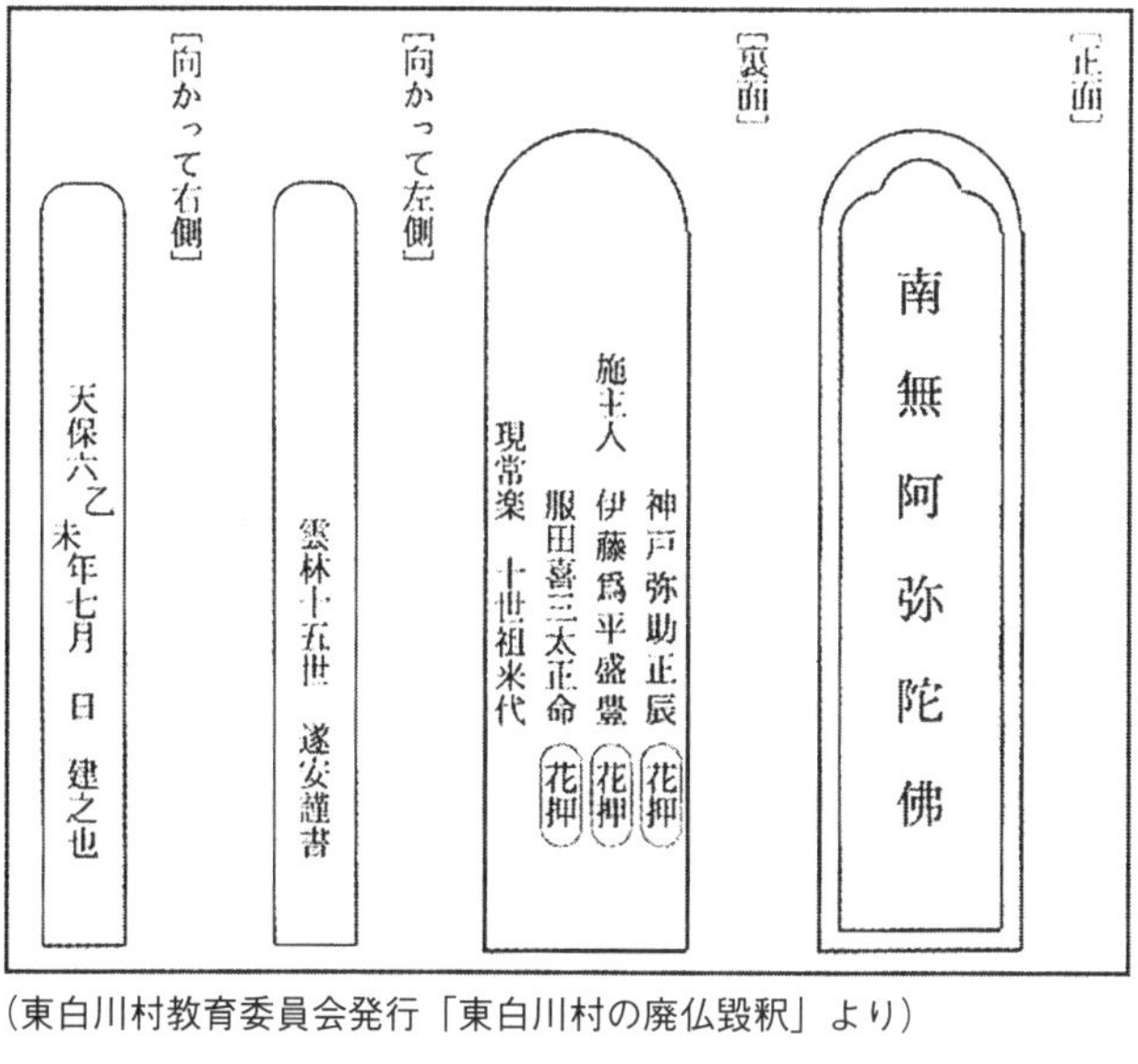

（東白川村教育委員会発行「東白川村の廃仏毀釈」より）

人余の夫役を使い建立したものだ。一八七〇年（明治三）七月のある日、苗木藩の役人が碑の前に立ち

「この名字塔を壊せ、粉々に砕け」

と叫んだ。すでに年老いた傳蔵が、高遠から呼び寄せられて立ち会っていた。藩の役人からの命令に傳蔵は

「わしは、苗木藩の者でない、高遠の石工だ。仏の顔を踏みにじるようなことはできん」

傳造には、石工としての意地があった。それに加えて彼自身の信仰心がこう言わせたのだろう。そう言うと鏨《たがね》を打ち込んだ。汗と涙にまみれて懸命の作業を行い、岩の割れ目に沿って四つに割った。碑は、見事に縦四つ割りにされ寺の近くにある畑の積み石や池の脇石などとして名号の文字が見えないように工夫され伏せられた。この時以来東白川村では、仏式により戒名を記した位牌や仏壇を廃して靈棚《みたまだな》を設け実名を書いた笏《しゃく》の靈璽《れいじ》を祀り、墓碑、墓標も「何之誰之墓」と実際の氏名を記すようになった。

これには後日談がある。時は流れ一九三五年（昭和十）になった。日本が中国へ本格的に侵略を始め、きな臭い戦争の動きが日々大きくなってきた時代だった。村に疫病がはやり、不幸が多く出た。誰言うとなく

「これはあの碑を壊した祟りじゃねーのか、それに違いない」

こういう噂が村中に広がった。医師の安江浩平の再建の呼びかけに平《たいら》地区の住民十数人が応じた。七月中旬、あたり一面に散らばっていた石塊を集めて一週間でほぼ破壊されたままの姿に戻した。八月一日、美濃加茂市や加茂郡川辺町などのお寺の僧侶五人を招き盛大な供養祭を行った。現在、碑は東白川村役場の前に立っている。東白川村でいかに廃仏稀釈が厳しく徹底的に行われたかを物語る唯一の証拠物件である。お寺の存在しない村の象徴にもなっている。

ここで前述の傳造に関連した長野県高遠と石工の話を述べよう。現在高遠は、同城址跡の高遠桜で知られているが、一六九〇年（元禄三）徳川幕府は厳しい検地を行い高遠藩から六千三百石を召し上げた。その結果財政がひっ迫した高遠藩は、耕地の分散を禁じ農家の二、三男は他国へ出稼ぎに行くように奨励した。このため人々は石切の技術を身に付けて全国各地へ稼ぎに出かけた。高遠の石工は、一七四〇年代後半から東白川村の各所で石垣積みをしたらしい。例えば廃寺になったが、同村の大沢蟠龍寺跡の石垣やその付近の農地の石積みなどは高遠式の技という。

愛知県三河の大浜騒動

廃仏毀釈の動きは、愛知県にも飛び火している。これに関連した千葉の菊間藩成立について触れる。一七六八年（明和五）沼津藩主の水野家は、三河国大浜付近の六千石を加増され大名になった。支配地は、碧海郡の十六カ村、幡豆郡の五カ村の二十一カ村だった。翌年、大浜に陣屋を設置する。陣屋内に代官、手代と現地で登用した郷方を住ませて領地を監督した。

時代は少し戻るが、徳川家たちが駿府藩に移った時に沼津藩の水野忠敬の五万石から二万三千七百石を譲り受けた。この割譲分の替わりに千葉・市川の菊間に菊間藩を設け同藩が割譲分を戻される形で二万三千七百石を受領した経緯がある。

一八七一年（明治四）二月十五日、西三河の一部を飛び地として支配する千葉の菊間藩から赴任した服部純が領内の僧侶を集めて

「この度決まったわが藩内寺院の統廃合方針を示す。意見があれば述べよ」

と藩の方針を明らかにした。浄土宗、時宗などは応じたが、浄土真宗、以下真宗とする寺院や僧侶はお布施が減り死活問題だとし難色を示した。会議の終わりころに真宗の寺の

中で光輪寺と西方寺だけが提案受け入れを表明した。

三月八日、真宗大谷派の三河護法会は、これがほかの藩に広がれば宗派の死活問題だとしこの二寺を詰問する会合を碧海郡矢作村暮戸に招集した。百人近い僧侶が集まったが、肝心の二つの寺の代表の姿が見えない。そこで光蓮寺の僧侶石川台嶺が中心になり三十七人の有志が二つの寺へ詰問のため向かった。途中でこれを見つけた信徒が
「これは、これは何でござるのかな。みんな大勢でどこへいかれるのかな」

と聞いてくる。事情を話すとそのたびに参加者が増えて長い列ができてきた。

「お上は口を開けば廃寺、廃寺とは、けしからん何が神仏分離令だ、仏は仏で神は神だ」

参加者の発言である。途中、碧海郡米津村の龍讃寺に立ち寄り、付いてきた門徒たちに
「くれぐれも手荒なことはしないようにお願いする」

と説教した。愛知県碧海郡の鷲塚村あたりに着いた頃に雨がぽつぽつと降り始めた。それで群衆を付近にある蓮成寺など三つの寺に入れて降雨をしのいだ。その間に境内にある竹林から切ってきたもので竹やりを作り始めた者がいた。すると皆が真似をして次々に竹やりを手にした。しばらくすると大勢が集まり不穏な空気を察した陣屋が、役人五人を派遣し同村の庄屋片山宅に三河護法会側を呼んだ。

「小さな寺を統合した後僧侶はどうなるのか、神主にでもなれというのか」

「小さな寺で信徒も少ないので、廃寺になったらどうやって生活ができるのか頭が痛い」

「廃仏毀釈というが、ほうぼうで寺の財産が焼かれているそうだが、金銭的な補償はあるのかな」

「とにかく寺の統廃合は取り敢えず止めてほしい」

先日行われた菊間藩派遣の服部純とのやり取りの続きみたいな交渉が自然発生的に始まった。庄屋の広い庭の真ん中に置いてある机と椅子に役人が座り、周りを顔を真っ赤にした信徒らが取り巻いていた。

「お寺を廃止して神社に参拝しろだって」

「葬式は仏式から神道にして神社でやるのか」

「誰がそんなことを、いつ決めたんだ」

「俺は、そんなこと聞いていないぞ、そうしなかったらどうなるんだ」

「信ずる自由がある、どうだ答えてみろ」

集まった群衆が、てんでバラバラに役人に質問を浴びせる。

「今日のところは服部純様もいないし、きちんとは答えかねる。とにかく我らは菊間藩から新政府の方針を領民に知らせよとの命令に従っているだけだ。よく説明しろと言われてもな、仏教を止めて神道にせよということしか分からん」

先ほどから役人が、頬に両手を当てて紋切り形の答弁を繰り返している。

同じような中身のないやり取りが何時間も延々と続いたままだ。次第に信徒たちの口調がとげとげしくなり、不穏な空気が漂ってきた。苛立った門徒たちが、暴徒化し庄屋宅に石を投げ始めた。竹やりの山を見て身の危険を感じたのだろう、役人の一人が身を起こし突然逃げ出した。残りの相手方もみんな駆け出した。

「この野郎、陣屋に応援を頼むつもりだな、そうはさせんぞ」

信徒たちが後に続いた。群衆は、竹やりを持ち石を投げながら追跡していく。雨が激しくなり道がぬかるんできたせいだろう。暫くして突然役人列の最後尾の男が転倒し、その上に皆が覆いかぶさり踏んだりけったりし死亡した。間もなく番屋の藩兵、農兵のほかに付近の西尾藩、重原藩が応援に駆けつけた。

「取り敢えず、今日のところはこの坊主とこの男を引っ立て番屋に留め置け」

代官の関源太郎が言い放った。留め置きとなった男は、庄屋宅で交渉中に何度も役人にとびかかろうとして止められた屈強な若者だった。

騒ぎは次第に治まっていった。その後、数百人が捕らえられ後の取り調べと裁判の結果、群衆の一人と僧の石川台嶺が斬罪となり首切りの刑になった。残りの多数の僧侶と信徒たちも罪人になった。これが世にいう愛知県三河大浜騒動の全容である。

青山らが家禄を返上

一八七〇年（明治三）十月中旬、廃仏廃寺におおよそのめどがついたとして青山直道、石原安定が藩知事の友禄に家禄の返上を願い出た。

「新しい世の中になったから今までのことに安住するのは良くない。世襲制度の俸禄を受けることは、なんとも心苦しい限りである。この際、きっぱりと返上し帰農することでまとまりました」

続いて友禄と計らい士族、卒族も農民になるように藩内全員の帰農願いが出された。この際、青山直道は藩士たちに

「明治四年ヨリ三ヶ年士族へ年々米三石六斗ヅツ、卒へ同壱石五斗ヅツ下賜スル」

と約束した。しかしこれが青山の手ぬかりで空手形となり、後日問題が表面化する。こ

の時の苗木藩の藩債の累積赤字は、十四万両余、お上と頼ってきた徳川幕府は崩壊し頼るべきは自藩の自助努力しかなかった。

遠山友禄にとっては心の中で

（神国日本の理想を達成する日が、間もなく訪れる。藩内こぞっての帰農は、そのための第一歩である）

全国諸藩に先駆けて、第一歩を苗木から始めたことに快感を覚え身震いが止まらなかった。それは戦陣で誰よりも先駆けて敵陣に乗り込んだ武将と同じ手柄と自負していた。明治四年一月十三日、苗木藩庁は明治政府太政官の行政事務方に帰農のほかに次の様に報告している。

「苗木藩庁では、明治三年、昨年の秋、御届け申し上げ候通り住職に廃寺・帰俗を申し付け、藩庁、寺院も差し支えないので、寺院は全く廃絶いたしました」

苗木城の取り壊し始まる

明治四年の正月は苗木藩の終末を迎える夜明けとなり、藩重役たちの表情は暗かった。

正月早々の御祝儀挨拶はごく簡素にし三日の謡初めは中止となった。藩庁では、毎夜遅くまで会議の連続であった。その結果

「藩財政の借金に充てるため五日から三日間、城内の諸道具の売り払いを行う」

ことを決め城下の広小路に立札で知らせた。

「旧城内にある諸道具類を来る五日から七日までに売り払う。希望の者は申し出ること」

五日の朝早くから苗木付近は言うに及ばず中津川宿、大井宿あたりからも人が押し寄せ、売り立て人の歯切れのよい呼び込みが続いた。二十七日になるとまたお触れが出て

「今般旧城郭を壊すことに成った。どの箇所も売り払うので望みの者は来場し申し出るように」

一五三二年（天文元）に築城以来三百四十年間高森山に聳え立っていた苗木城は高森城、霞城、あるいは赤壁城とも言われたがその雄姿がいよいよ消える。苗木城は、中津川市内を東西に流れる木曽川の右岸にある高さ四百三十二メートルの城山にある。石を加工せずそのまま積む野面《のづら》積みをしたり、石同士の隙間に間詰石を詰めながら積み上げる打込接ぎ、石同士の隙間を極力小さくしながら積み上げる切込み接ぎなどの工夫がみられる石に守られた山城である。花崗岩《かこうがん》から成る天然の大岩が並び立つ岩山に構築された山城でもある。

城壁、天守台、大矢倉なども巨岩を利用して築かれている。また平地がほとんどないため岩に穴をあけて柱を建てる懸《かけ》造りと呼ばれる独特の工法を編み出した。懸《かけ》造りは、京都の清水寺清水の舞台で採用されている。

城域は城郭の内部部分が、約二万平方メートル、外郭部も含めると約三十五万平方メートルありそのうちの十五万六千七百七十四平方メートルが昭和五十六年四月二十二日に国史跡に指定されている。天守展望台からは、恵那山がくっきりと遠望できる。天守のすぐ下の小道のそばにたくさんの拳大《こぶし》の石が散らばり踏み固められて小道になっている。城のものを買いに来た村人たちが

「こんなぎょうさんの石はなんだろうな」

といぶかった。すると近くにいた屈強そうな若者が

「これはの、敵が攻めてきた時に上から投げつけるための武器だ」

「そうか、分かった、分かった飛び道具の一種じゃな。石つぶてか。上から飛んできて当たったらたまらんな」

そうこうしている間にその男の姿が消えていた。

「あのじんは、どこのじんやら」

「おらは知っている。元の苗木藩士やで」

「そうやら、それでよう知ってるわ」

そんな会話が続くうちに来場者は、城内を土足で歩き回れる時がやってきたことを実感した。木づちで壊される太い柱や梁、天下に知られていた赤壁が壊れ白い煙が城内に立ち込める。置物、掛け軸、陶器類など残っていた目ぼしいものはあっという間に消えた。村人にとって御一新が身近に感じられた日は、この日を除いてなかった。正月や参勤交代の時だけしか開けられなかった大門が開放されている。

「なるほど、御一新じゃのう、お城が壊され何も残らず売られてしまうとは。昨日までこんなこと、考えられんかった。お城が、のうなるなんて誰も思っとらんかったでの」

「殿さまがござった部屋を探したが、みんな壊れてしまって見つからなんだ」

「三の丸近くに牢屋があると聞いたが、探しても分からんかった」

「そういえば、養子の源三郎様はどこに住んでおいでんか、最も顔を知らんから会っても分からんだろうけどな」

いっぱい掘り出しものを手にした村人らしい人々が、散り始めて空っぽになった城の内部を寒風が吹き抜けた。参加者のお城の感想談が出て、帰り道は賑やかだった。この日、藩庁は青山直道らに城郭の売却金額を報告した。それによると八百二十八両余りで、これに江戸藩邸の払い下げ代金三百六十七両を合わせても、苗木藩の年間経費の四%相当の少ない金額であった。

お城の売却は、藩士たちにとって自分の家が取られた同じで明日からの拠り所がなくなった寂寥感がどうしようもなかった。しかし遠山友禄、青山直道ら平田門人にとっては、越えねばならぬ関門で

(これを新しい明治の夜明けの出発点ととらえねばならぬ。我々の天下がやってくるのだ。王政復古のためにも祭政一致を徹底させねばならん)

燃え上がる希望の光を心中に感じる彼らだった。

第六章　苗木県の誕生

廃藩置県

明治二年の版籍奉還の後、新政府は統一国家の具体性を示すことが出来ず政権の瓦解すら予想される政情不安を抱えていた。これまでの藩体制では統一国家として外国政府と渡り合うことが出来ず、軍事力の増強も各藩別では限界があった。開明派の木戸孝允、大村益次郎が唱える新国家像は、以下の通りであろう。

「藩を廃して県を置く。国軍を編成してこそ外国を相手にできる。武士の身分を廃して、四民平等の軍隊と洋式兵制を採用することが近代化日本の具体策である」

権力の中心にいたのは、岩倉具視、三条実美、西郷隆盛、大久保利通、木戸孝允、小松帯刀らだが、木戸らの説でまとまるにはなお時間を要した。明治四年七月九日、東京・九段上の木戸孝允邸に西郷、大久保、井上馨、大山厳、山形有朋らが集まった。廃藩置県実行の手はずを決める密議であった。一八七一年（明治四）七月十四日、廃藩置県の詔書が出された。岩倉具視、三条実美の公家には、二日前に知らされただけであった。詔書には、「内をもって億兆を保安し、外をもって万国と対峙するために　今、藩廃し、県と為し」とあった。億兆とは、限りなく大きな数を意味する。薩長の有志で専制的な中央集権国家の成立に向けた第一歩が踏み出されたのである。

苗木県の誕生　難題は藩借金の解消策

廃藩置県により苗木藩は、苗木県となった。藩から県になっても藩の借金は減らず青山直道らは、連日額を集めてその解消策に明け暮れていた。友禄は、七月二十日付きで知事職が免職となり華族に列せられた。天皇拝謁の儀があるとのことで、東京に向かい赤坂築地仲にある県邸を一時借りて住むことになった。十月二日、拝謁の日を迎えた。断髪し記念撮影を済ませた友禄は、直垂《なおだれ》を着け宮城の大広間で天盃酒肴を頂き舞楽の演奏に聞き入った。

（平田先生のお言葉がようやく現実となったのだ。直道はじめ苗木にいる平田門の者たち

に見せられれば、どんなに喜ぶだろうか）
友禄は、自分一人でこの栄誉を喜ぶことにためらいを覚えた。しかし苗木藩では、それどころではなかった。苗木藩庁では、旧藩士の役人数十人が旧藩の藩債五千両余の償却に関する大蔵省への嘆願書をようやくまとめ青山直道に提出したところであった。
嘆願書は、第三部に分かれた長文であったが、遠山友禄が一八六〇年（万延元）一月、幕府の奏者番の要職に就き、翌年から一八六七年（慶応三）六月まで若年寄りとして七年間出費が膨らんだことである。小さなしかも外様の苗木藩にとって友禄は、異常とも言える出世だった。だが、そのために莫大な金が老中や関係諸大名へばらまかれたことは、公然の秘密であった。
万延元年から若年寄りをやめる七年間の借金額は五万両にのぼる。年末年始の祝い事、冠婚葬祭、諸行事への祝儀、江戸屋敷の維持費と藩邸に住む藩士の人件費などの出費を云々述べている。この中で見逃せないのが
「旧藩主、幕政相勤めとは、申しながら国元奸吏等が藩主の不在を幸いとしてすこぶる私欲を取り計らい・・・」
との文言である。国元奸吏とは、千葉権右衛門一派を指しあたかも千葉家老が、私欲の

ために藩の金を乱費したかのように書き記していることである。明らかな証拠もないのに糾弾するのは、千葉家老ら一門に対する偏見以外なにものでもない。

廃藩置県により苗木県庁となったが、行政は大参事青山直道、石原定安ら六人の幹部職員で執行していた。家禄の返上を願い出て藩の借財は、五万二千両になった。しかし領内の藩札回収の残額引き換えには、なお現金五千両が必要だった。藩債が返済できず、藩札の現金との引き換えが不能になれば藩内に暴動が起きるかもしれぬ。

直道はじめ官吏たちは、帰農以来政府から年に玄米三石六斗を支給されていた。この扶助米を今後三年間直道ら四十人で四百三十二石を藩札処理のため返上すると大蔵省へ申し出た。貧乏を極めるが、そんなことを悩むようなゆとりはなかった。しかし当局は、

「聞き届け難し」

と一蹴した。いくら何でも無謀すぎると踏んだのだろう。それでも青山らは

「御助米の返上の件は、幾重にもお聞届け下さるように懇願します」

と再度申し出た。

旧藩主遠山友禄も県負債金の一部二千九百八十七円余を私債として引受けることを政府に申し出た。こうした努力を政府は認め、苗木藩債の残額を引き継いで処理することで一

件落着した。

神道国教化の夢

青山直道は、旧苗木藩の借財処理に苦労し県民の生活の困窮ぶりを見ながらなお明治新政府の施策に希望を持っていた。その理由は、平田先生の国学思想がそのまま新生日本の主流となって実現されることを信じて疑わなかったからである。明治四年七月四日、政府は太政官布告により神社神道国教化のため

「大小神社氏子取り調べ規則」

を交付した。主な内容は、

「国民は出生の際は、戸長に届け必ず神社に参り守札を所持すること。他の管轄地に移転する時は、その管轄地神社の守札を別にもらい所持すること。死亡せし者は、戸長に届け守札を戸長より神官に戻すべし。今後六ヶ年目ごと、守札を戸長の検査を受けるべし」

国民総氏子制による神道国教化の狙いは、江戸時代に浸透したキリスト教排除を画策した平田門神祇官たちの狙いだった。しかしすでに三月十四日に神祇省が廃止され教部省と

なり平田門の前途に暗い影を投げかけていた。

東京へ国内留学生を送るが？　狙いは裏目に

遠山友禄や青山直道らは、藩内の有能な若者を東京へ送り将来の幹部候補生にするつもりだった。選ばれたのは日新館で成績、素行とも優秀な曽我至、大脇義俊らで乏しい藩の財政から学費と滞在費を支給し送り出した。周囲の皆からは、羨望の目で見られた。明治四、五年の東京は復古神道の面影は見られずその代わりに

〝散切り頭を叩いて見れば、文明開化の音がする〟

こういう都都逸《どどいつ》が流行った頃だった。散切りとは、ちょんまげを切り洋風の髪形を意味する。一八七二年（明治五）十月十四日、日本で最初の蒸気機関車が新橋―横浜間を走った。この鉄道開業では、英国人の技師エドモンド・モレルが多大な貢献をしている。ちなみに新橋―横浜間の運賃は、約一円十二銭五厘で、現在の約一万五千円に相当する。開業日の十月十四日は、一九二二年に「鉄道記念日」に制定されＪＲ発足後の九四年に「鉄道の日」と改称された。ＪＲは日本国有鉄道（Japan Railway、国鉄）の略称で一九八七年

（昭和六十二）四月、分割・民営化により発足した鉄道各社の総称である。
すでに製靴工場ができたり、若者は輸入品の自転車を乗り回していた。江戸城は東京城となり半蔵門以下五つの門が開放され出入りは自由となっていた。平民が洋服を着て、馬にも乗っている。平田門の優等生として送り込まれた彼らだったが、首都の現実と復古神道との隔たりは、あまりにも大きかった。翻ってみると平田派の講義を受けその趣旨を行動するよう教えられることは、これからの時代に対処できないのではとの危惧を抱かせた。対処どころか古臭い論理は、退歩になると疑問を持ちながら街並みを歩いていた。郷里苗木の平田門の間では、
「東京へ派遣された留学生は、毎日遊び呆けている」
との噂が広がりそのうちに藩当局から
　曽我　至
その方文学の修行の願いに応えて東京派遣を許したが、遊び回っているとの由。故に叱りの上慎み申し付ける
　大脇　義俊
その方、学業が高く認められ褒美として文学の修行の願いに応え東京派遣を許し手当金

を支給した。奮発、努力し実効を挙げるところ、放蕩に耽り藩庁の厚恩を忘れ言語道断である。笞《むち》四十を申し付けるところ病気につき罰金一両を申し付ける
遠山友禄、青山直道らは、平田学を明治変革の大骨と思い込み元家老の千葉権左衛門らを守旧派として断罪したが、将来の藩を担うべきと見込んだ新進気鋭の若者を不当にも処罰したのである。

岩倉使節団　米欧州視察へ

一八七一年（明治四）十一月十二日、岩倉具視を全権大使、木戸孝允、大久保利通、伊藤博文らの副使のほかに四十六名の使節員、十八名の随員と留学生四十三名を加えた総勢百七名の大使節団が米国太平洋郵船の蒸気船「アメリカ号」で横浜港を出発した。薩摩、長州の出身者で固められていた。計画を立案したのは大久保でかねて欧米諸国との不平等条約の改正の予備交渉と共に
（外国を見せて現時点の日本の国力では、攘夷は不可能とみんなを洗脳する必要性がある）

と思っていたことを実行したのだ。一行は、太平洋を渡りカリフォルニア州サンフランシスコに到着後、米大陸を横断しアメリカの首都ワシントンに着き同国に八カ月滞在した。しかし使節団最大の課題である「領事裁判権撤廃」、「関税自主権承認」が米側との交渉で難しいことが判明し各国との不平等条約解消を断念した。領事裁判権とは、アメリカ人が日本で犯罪を犯した時に日本の法律でなくアメリカ領事によりアメリカの法律で裁かれることを意味する。

その後は、欧米諸国の国家制度、産業、技術、伝統、文化などの視察を重点に切り替えた。横浜港を出た時、岩倉はちょんまげ、袴姿であったが、米国で

「頭にピストルを載せた野蛮人とは交渉できない」

と揶揄《やゆ》されシカゴで散髪している。滞米中の八月九日、岩倉は日本へ「断髪廃刀令」を指令している。

その後、キュナード社の蒸気船「オリムパス号」で大西洋を渡り一八七二年（明治五）八月十七日、英国のリヴァプールに到着し当時、産業革命により世界で最高の工業先進国である英国をつぶさに見て回った。英国四カ月、フランスに二カ月滞在したほかベルギー、オランダ、ドイツ、ロシア、デンマーク、スウェーデン、イタリア、オーストリア、スイ

スなどを巡った。各国首脳らと会い工場、施設や各国の制度を勉強し一八七三年（明治六）九月十三日まで一年九カ月二十一日間にあたる視察旅行だった。その結果は、欧米諸国を見習い近代化国家に向かう転換点になった。これを契機に神道国学、祭政一致などの復古政策は後退していくのである。

文明開化の道

岩倉具視を特命全権大使とする欧米視察団が一八七三年（明治六）九月、帰国してから新政府は武士道に変わって尊王愛国思想を尊重し始めた。庶民の拠り所としてかつての仏教から神道の国教化を目指し平田学を巧みに利用して欧米諸国家に匹敵する国づくりを目指した。その後天皇の主権回復と廃藩置県により国防の一元化を図る施策に成功した。新政府は、和魂洋才を取り入れ欧化主義こそ日本の進むべき道と決めた。このことは、神武天皇以来の復古神道を夢見る平田門徒に大きな失望を与えた。その一人が馬籠宿の本陣、問屋、庄屋を兼ねる旧家の当主、島崎正樹であった。島崎藤村の小説「夜明け前」の主人公、青山半蔵のモデルとなった人物である。

彼は一八六三年（文久三）、中津川、問屋役の間秀矩《はざまひでのり》の紹介で平田門人になった。一八七四年（明治七）に教部省の考証課雇員となって出仕していた。その年の十一月十七日、東京・神田橋外で明治天皇の行幸を見ていた時に群衆の中から飛び出し馬車目がけて扇子を投げつけた。

〝蟹の穴ふさぎとめずは高堤やがてくゆべき時なからめや〟

半蔵

扇子には、この一首が書き込まれていた。「くゆ」は、崩れるの意で蟹の穴位小さい穴も放っておけば、高い堤もやがて大きな穴が開き崩れる。熱烈な平田門徒の半蔵は、全てが欧米風化の中で日本の未来に危機感を募らせ直接行動に出たのだった。

捕らえられて本来ならば懲役五十日のところを、翌年一月十三日東京裁判所から情状酌量の余地ありとして贖罪金《しょくざいきん》三円七十五銭で済んだ。中津川の平田門の人々は、島崎正樹のような過激な行動には出ず冷静に時代の流れを見ながらそれぞれの家業に精を出していた。

士族の没落　青山の失政

かつての士族は武士階級として身分と生活が保障されていたが、今や帰農したり内職で食うや食わずの困窮生活を強いられていた。軍役を離れたその数は、全国で四十万八千戸、約百九十万人の武士家族がお先真っ暗なその日暮らしだった。ここ苗木でも朝夕仰いだお城の雄姿は、今やなく藩校の日新館は閉校となり校長格の曽我祐申は故郷の福岡村に引き込んだ。

一八七二年（明治五）七月十七日、元家老の小倉猪兵衛を中心にした旧藩士が集まり耐乏生活の活路として事業計画をたてた。趣意書にはこう書かれていた。

「私たちは帰農以来、その日の糧にも事欠く実状となりました。この生活難を打開するには、二、三十人の社中を作って協同の事業を行う以外ありません。その仕事は、笠張り、屋敷の周囲に桑の木を植え養蚕を盛んにし、茶の木を栽培することであるが、そのための資金や振興策については改めて賛同者を募る」

という内容だった。

青山直道は、これを見て

「旧藩士は百数十人以上もあるのに、わずか二、三十人での社中を作って何の足しになるか。まず生活を支えるには自ら努力して開拓する以外のほかなし。こんなことで日時を浪費するような考えは取りやめたほうがよい」

と反対したのでこの計画は取りやめになった。

青山は、前述したように明治三年十月藩士の帰農の際に約束した事項がある。

「明治四年より三ヶ年間士族へ年々米三石六斗ずつ、卒へ同一石五斗ずつ下賜する」

と。ところが青山の不手際で苗木県が岐阜県へ合併の際にこの約束が岐阜県側に引き継がれなかったのだ。それから三年後の一八七三年（明治六）十二月、明治政府は、「家禄奉還規則」によりその年の百石未満の藩士に対して家禄の奉還者に禄高数年分に相当する金を公債や現金で支給した。しかし苗木藩士たちは、明治三年の先走った帰農と青山の手抜かりのため約束された公約が引き継がれずに無給となり貧窮にあえいだ。旧藩士連中は

「青山の失政と平田学派の独走で、我々は今日のような生活困窮に追い込まれている」

と怒りを募らせた。国の政策に奔走している藩の幹部に協力したばかりに馬鹿を見たのは、苗木藩の藩士や卒であった。たまりかねた青山は、友禄を通じて政府に救済の願いを届ける以外手がないと観念した。また次の手として神奈川鎌倉郡の弥勒寺村に住んでいた

旧大参事の石原定安に手紙を送った。その内容は、時の内務卿伊藤博文に苗木藩旧藩士救済の陳情願いを提出してほしい旨の依頼であった。

明治六年から十年にかけて新政府に対する反抗が各地で起きた。断髪廃刀令で武士階級がなくなり、徴兵令がしかれれば農村の若者が兵役にとられると案じて秋田、岩手、福岡、宮崎、鳥取、島根などで農民一揆が頻発した。

地租改正は、旧幕府時代より悪政の法だということで全国各地で農民一揆が起きた。東海地方の愛知、三重、岐阜の各県でもこれまでにない激しい反対の運動が起きた。苗木藩の旧武士や農民にとっても事情は同じだった。全国に先駆けて帰農した苗木藩では

「これからは天子様の国、皇国のおんためなり」

という復古神道に乗っ取って藩に全てを捧げたのに、待っていたのは明日の糧にも困る日常生活だった。しかるに

「大参事青山直道は、自分だけ帰農せずに、岐阜県の官員となってのうのうと暮らしておる。十分な俸給をもらっているそうだ。青山こそ自分の立身出世のため我らを裏切った偽善者だ」

青山を非難する声が藩内で日に日に高まっていった。その頃明治政府は、世情を把握す

るために各地の民情調査を行った。苗木村では、元藩士の阿部敬儀が調べて報告書を提出した。

「苗木村は、元遠山友禄氏の所領で小市街を成しております。住民は純朴で明治三年藩士は俸禄を返還し帰農しました。工業、商業は農業に次いでいますが、何分運輸が不便な地で迂回しない場合、木曽川を渡船で渡らないと中津川や中山道へは出られません。それ故にこれまで豪商も出ておりません。男は農作業の間に薪をとったり笊《ざる》を作ったりしています。女は機《はた》を織り蚕を飼うほかは仕事がありません。斬髪は住民の四分の一ほど、すべての人が神道を重んじ仏教を廃し、神社の造営祭典に盛大に参加します。最近は、桑、茶の栽培に精を出しております」

平穏無事な村の様子を書いているが、実際はそうでなく生活に困った旧藩士たちは青山糾弾の矢を放ち始めたのだ。

終章

平田門の没落

一度は中央政府の高官となったりした苗木の平田門の指導者たちは、厳しい現実に直面した。一八七一年（明治四）八月八日、神祇省が作られた。神祇省は一八七二年（明治五）に教部省になる。教部省は、七三年に大教院を作る。これは神仏合同の布教機関であったが、神道の儀式を強制したので東および西本願寺が強く反対した。これで神道国教化の道はもろくも崩れ去ってしまった。さらに一八七五年（明治八）三月二十八日、大教院は「神道事務局」という小さな機構に転落した。平田門が期待した神武天皇以来の復古思想、祭政一致の夢は、時の藩閥政府の利用するところとなった。徳川幕府を倒すためには役立ち、天皇制国家の形成づくりの足場にはなった。しかし滔々《とうとう》と流れてきた文明開化の激流に流されその思想は政治の舞台から蹴落とされてしまったのだ。

昨日までの華やかだった平田門の国士や町の商家の人たちは、一部の豪商を除いて一介の市民として明日の糧のために苦しまねばならなかった。

一八七六年（明治九）中津川宿はわびしい正月を迎えた。行き交う人影はまばらで街路は、降り積もる雪にうずもれていた。本陣の門は固く閉ざされ飛騨の問屋場は、昔日の面影をとどめているに過ぎなかった。問屋場に代わって中津川郵便局が本陣の東角に開設していた。

一月二十三日、平田門の大先輩である間半兵衛秀矩が亡くなった。

〝国のため　死におくれたる老いの身は　書の林にすてむとぞ思ふ〟

辞世の句である。

かつて在野の先達人として活躍した伊那谷、東濃の平田門流の人たちは、すっかり声をひそめている。間半兵衛の旅立ちは、それを象徴するかのような見送る人も少なく寂しいものであった。

青山直道の暗殺計画

一八七六年（明治九）正月の苗木城下は、中津川と同様に侘《わび》しかった。明治五年の調査では、日比野、上地、瀬戸各村の家数五百九十四戸、人口二千七百八十七人だったものが明治九年はそれぞれ四百八十六戸、二千三百十九人、戸数で百八戸、人口四百六十八人の減となった。これは以前の士族たちが、苗木の地に見切りをつけて他の地方へ転出したのが原因だった。

近隣に縁者や頼るべき人のない者たちが、苗木に留まり細々と夕餉の煙をたてていた。このほかに多少でも資産のある者が住まいを構えていた。要領のいい者達は、雲林寺、お城などの取り壊し時に什器や土地を安値で買いたたき懐を肥やした輩もいる。明治九年の師走がやってきたが、生活苦に追い込まれた里の家々では松飾で正月の準備をする気分になれない住民が多かった。一八七六年（明治九）十二月二十七日の夕刻に旧藩士たち四人が、いつものように小杉準之助の家に集まった。近藤雄介、可知虎二、纐纈義三の面々で門番など勤めていた時の身分は足軽など軽輩の者ばかりだった。

今日の話題は、今月十九日に起きた伊勢暴動から始まった。岐阜県海津郡海津村が在所の近藤雄介が話し始めた。

「うちで二十六日に叔父の三回忌があり在所から兄貴が来たんだ。彼の話によると十九日に三重県飯野郡魚見村のほか四カ村で大きな一揆が起きたそうだ。何でもその一揆の連中が別々になり三重県南の方面のほか岐阜県と愛知県へ向かい岐阜県組が海津郡の平田村、海津村へ二十二日に着いたんだと」

その時に可知虎二が口を出した。

「昨日のことだがの、福岡村に近い苗木の並松で元尾張藩士の大松健司とばったり会ったんだ。付知村が幕府の直轄地だったから、以前名古屋から付知へ通う途中で、時々うちのお城にも寄っていったので。だから顔馴染みだったんだ。彼によればやはり愛知県に向かった組が二十二日に海部郡弥富村に着き津島方面に向かったと聞いている。地租改正でどこの村人も頭に来てるから皆が三重の一揆の話を聞いていきり立っている。岐阜や愛知も所々で騒動が起き始めたとか。近隣の役所の連中は、どうしていいか分からずうろたえているそうだ」

明治九年、政府は地租改正を行った。その骨子は、
一　土地の価格を決め地価に応じて課税する

一　物納から金納へ
一　税率を三％とする

だが三重県では明治八年頃から米価が下がり農民は、安く売って高い税金を払わねばならならなかった。そのうえに付近の櫛田川が決壊し米の質が悪くなった。このため飯野郡あたりでは不満が高まっていた。そこで魚見村ほか四カ村の戸長である中川九左衛門が、県の役人桑原常蔵に何とかしてほしい旨の願書を出したが無視された。

その頃定例の戸長会が開かれたある夜、付近の早瀬川の川原に多数の農民が集まり始めた。夜が明けると農民の数は、数千人になり村の旗や竹やりを持ち学校、役所、銀行などに押しかけ火をつけたり壊したりした。一揆の勢いは、松坂、四日市、桑名の北勢へ向かう組と南の宇治山田方面に行く組に分かれ全県下に広がった。北へ向かった一行が更に岐阜、愛知を目指し岐阜県海津郡や愛知県津島などへ達したのである。

三重県の岩村県令は、この地域の管轄外の大阪鎮台に軍隊の派遣を要請した。また内務省の警視庁へ警官の派遣を頼んだほかやはり管轄外の名古屋鎮台に連絡し鎮圧した。結局政府は、翌年の一月税率を二・五％に下げた。この時世人は

〝竹槍デドント突キ出ス二分五厘〟

と揶揄《やゆ》した。騒動は、九月二十三日にようやく収まったが、逮捕者及び処刑者は五万七百七十三人にのぼった。二人の話を聞いた小林が
「どこでも皆が立ち上がっているな、苦しくなればお上も蹴っ飛ばすくらいの気位がないと生きていかれんわ。これからはな」

「青山を生かして置くことは許せんな、あいつのために藩士はみんな苦しめられた」

可知が顔を赤らめながら大声を出した。

「どうする、可知の言うようにやるか、青山を」

小林が一同の顔をなめるように見据えながら尋ねた。三人そろって首を縦に下げた。

「やるなら、早い方がいい。明日、二十八日の晩にどうだ」

可知の提案に異論を唱える者はいなかった。その日は朝から小雨が降ったりやんだりするぐずついた天候であった。日比野の丘の中腹にある青山の豪邸が見えてきた。四人は短刀、火縄銃で武装し裏門から塀を乗り越えて少しばかり開いていた廊下の雨戸をけ破って奥の座敷へ飛び込んだ。御用休みとなるこの日の夕方は家にいると思い踏み込んだが、青山は居なくて奥方と長男の幼児だけだった。子供は、手習いの最中らしかった。

「どうしたのですか、主人はおりませぬ。無礼ではありませんか」

子供を両手でかばいながらきっと乱入者を見据えた。

「問答無用だ。青山を探せ」

小林の指示で、屋敷内を各部屋や納屋、馬小屋までくまなく調べたが見当たらない。青山不在と分かり、彼らは屋敷に火を放った。たちまち火は母屋から離れへと赤い炎が空を焦がした。急を知らせるための板を叩く板木《ばんぎ》の音が部落中に鳴り響いた。

「火事やで」

「火元はどこや」

「青山のうちらしいぞ」

「そんなら、ほっとけ、燃えた方がいいわ」

間もなく青山邸を目指して大勢の人が集まってきた。屋敷の中では、下男や女中たちが家財道具を運び出すのに右往左往していた。不思議と言えば村人の誰もが火消しの手伝いをしないし、荷物運びに加勢しなかったことである。反対に火勢が衰えるところを見つけると周囲にある青山家の家財を投げ込んで火の手があがるのを喜んでいたことだ。青山家が周囲からどう見られていたかを物語る出来事が多くあった。

その後犯人たちは、捕まり一八七八年（明治十一）三月、名古屋裁判所岐阜支庁で裁判となり刑に服した。

一八七九年（明治十二）二月十八日、岐阜県に十六の郡役所が設置され、青山は、大野郡三輪村にある大野池田郡役所の郡長に月給三十五円で任ぜられた。身の危険を感じていた青山にとって、苗木を離れることが出来たのは救いであった。しかし彼を追う刺客は、執拗に付きまとった。

青山を追う刺客

一八七六年（明治九）の年末に旧藩士の小杉準之助ら四人が、青山直道の屋敷を襲い暗殺を企てたが本人不在で目的を達せられなかった。第二の刺客は、元苗木藩士鈴木金蔵の三男鈴木提三郎だった。

一八七七年（明治十）の西南戦争後、国内はインフレーションが進み物価高で庶民の生活は日ごとに苦しくなっていった。米の値段が上がりその日の米飯にあり付けない者が続出した。これに対して地主たちは、米価の値上がりでお儲けをするなどで政府の失政に怒りが渦巻いていた。

一八七八年（明治十一）五月十四日午前八時、東京・紀尾井坂で大久保利通が暗殺された。元老院会議に出席するため馬車で家を出た途中の出来事だった。犯人は石川県の藩士島田一良ら六人で明治新政府に不満を持っていた連中である。大久保利通は、西郷隆盛、木戸孝允と並んで明治の三傑と言われた。

一八七三年（明治六）、「政体に関する意見書」を出し

「日本は半ば開化したのみである。従って当面は、君主政治にし次第に君民政治に移行すべき」

と説いた。岩倉使節団で世界を回った彼は英国で特に感銘を受け殖産振興に力を入れた。明治七年に「殖産振興に関する建議」をしている。島田一良らが新政府に不満を抱いたと同様に鈴木提三郎は、地元苗木藩、特に青山直道に恨みを抱いていた。青山直道が弱冠二十四歳で大参事に抜擢された時提三郎は幼年藩士として玄米八石を受けるに過ぎなかった。それから十年間、貧窮にあえぐ耐乏生活の連続であった。

（青山が大参事の職権を濫用し、家禄奉還を勝手に行い藩士三百余人を路頭に迷わせた罪は断じて許せぬ。そのうえ我が親族の元家老の千葉権右衛門一族や中原央、神山健之進などが不法にも捕えられた。それで獄舎に死なせ、あるいは流島に最後を遂げたのも、これ

は青山の陰謀や毒殺によるものだ。彼らの非業の死は決して忘れられぬ。生かしておけぬ、奴はな）

大久保利通暗殺の報にも刺激され提三郎の心中は、怒りで充満し事の是非を判断するのもままならなかった。一八八〇年（明治十三）の春、郡役所のある旧大野郡旧三輪村、後の揖斐町、現揖斐川町のあちらこちらに桜が満開で村中がのどかな春霞にけぶっていた。郡役所は、開庁して一年余りで役所の書記七人が青山を補佐していた。

そのうちの一人岩島臣明《ただあき》は、一八七〇年（明治三）九月二日苗木事件の罪人として千葉武男を東京刑部省へ引き渡す際に藩の護送人を務めたことがあり青山とは顔馴染みだった。青山にとって暗殺におびえた苗木の生活から解放され、念願だった新しい時代の到来に喜ぶ日々が来るはずだった。だが今や平田門の一同は、文明開化に抗うことも出来ずに流されるままだった。しかし青山には、平田門徒を引っ張ってきたという自負と意地があった。

（平田門人の目指す考えは、時代遅れの古臭いものだろうか。いやいや明治の変革に果たした平田門人の役割は、大きかった。間違いない。現に尊王討幕で王政復古になったではないか。自分も新政府の末端ながらその一員として仕えていることが平田先生の主張の生き証人である）

午後四時の退庁時刻が過ぎているにも拘わらず自問自答する青山であった。三輪村は福井県、滋賀県と隣接しており村の中心部を揖斐川が流れている。伊吹山地の伊吹山、金糞岳、月見山がありそのためか冬季に雪が多く年数回は、三十センチほどの積雪がある。多少は肌寒いが、心地よい春風に吹かれながらゆっくりと帰り道を歩いていた青山を先ほどからずっとつけてきた男があった。うす暗くなり人家がまばらになった時、

「奸賊、青山直道待て、今日こそは許さんぞ、殺してやる覚悟しろ」

そういうや否や後ろから短刀を振り回して襲い掛かってきた。とっさに横に飛び身をかわしたが、肩先がうずいた。もみ合いながら直道は、暴漢の右手の付け根をはっしと叩き短刀が地面に落ちた。それを男が拾おうとするのを一瞬早く蹴とばし体当たりした。相手がひっくり返ったところを馬乗りになり、頬かむりを剝いで驚いた。

「ややっ、おぬしは鈴木提三郎ではないか」

いうが早いか、鈴木は、驚く直道をはねのけて脱兎のごとく薄闇の中に姿を消した。数日後、鈴木は逮捕され裁判にかけられて

「士族の身分を剥奪し懲役十年の刑に処する」

ことになった。この事件の後に青山は

「自分の不徳のいすところ、郡長の職にあらず」

と郡長を辞任した。世間を騒がせたことで、彼の自尊心が傷つけられたのだ。しかし青山を知る人の目は冷たかった。

「隣の岩村藩、少し離れているが西濃の今尾藩を見ればわかるが、これらの士族は俸禄返還の見返りに金を貰っている。それに反して我が苗木藩は、何の見返りもない。これは青山直道の急進的、独断的な政策に原因がある。過激な急進主義者だから襲われても当然、苗木を荒廃させた張本人だ」

みんなが直道を攻撃した。傷心の身で青山は、苗木に帰った。

士族の商法　行き詰まる

廃藩置県後の明治五年の苗木周辺地域の人口を見ると

中津川　二千二百二十七人
苗木　　二千百四十一人
岩村　　千七百五人

多治見　九百三十一人

だが一八八〇年（明治十三）には、多治見、岩村、中津川の順で苗木はどん尻だった。ところが日常生活に苦しんでいた苗木藩士に朗報があった。その年四月二日、ようやく士族への補償復帰が叶って

「旧苗木藩士、卒、明治三年に帰農せしが今回願いかなって士族に戻す」

との朗報が県庁から通達された。士族へ復帰したことで、旧武士たちには明治六年から七年間支給されていなかった秩禄公債をやっと手にすることが出来た。秩禄公債は、旧武士たちから特権を奪ったことに対する補償の一つで、現金と公債半分ずつから成り立っていた。

加えて五月には、政府から生活の道を得させるため貸付金三万五千円が支給され復籍士族百九人が、資本金千二百円の苗木製糸と金融機関の共立社、資本金一万六千九百六十三円を設立した。この政府の起業向け貸付金は、十年据置きで、その後十年の年賦返還、無利子という高待遇の内容だった。

生糸は蚕が作る繭から糸を引き出し生産する。農家から購入した繭は、乾燥機に入れ乾かした後選繭、煮繭する。煮繭の後水で冷やすがこれは糸がほぐれやすくするためである。

その後刷毛みたいなもので、糸口をひっかけて糸を引き出し製糸工程に回す。すでに中津川では、平田門人の勝野七兵衛、勝野吉兵衛が製糸業で成功し財をなしていた。水車を動力として、新式の紡錘機などを設置し年間四百三十八貫の生糸を生産し横浜へ積み出していた。苗木の士族たちは、勝野の工場を見たりし見様見真似《みようみまね》で政府の創業支援金のほか独自に借入までして各工程の機械を買い入れ生産に乗り出した。ところが

〝木を見て森を見ず〟

と言おうか生糸の市況のことは誰も気にしていなかった。丁度その頃は、不景気の最中になりかかり生糸相場は暴落し外国商人にいいように買い叩かれた。生産を一時止めて出費を減らしたが、それでも追っつかず建設間もない工場を閉鎖する羽目に追い込まれた。金勝野兄弟の様に作れば作るほどに売れて、財を成すという夢は幻に終わってしまった。金融会社も生産会社あってこその兄弟会社であるから、間もなく破産した。武士の商法、ここに行き詰まれりであった。

折角政府から貰った秩禄公債も、売払ったり抵当にいれて糊口をしのぐ有様だった。明治十四年頃から吹き始めた不景気風で、多くの士族が故郷から離れざるを得なかった。当時不況知らずの官員は、県の職員の定数は四十九人、学校の教員や巡察係の採用者数はわ

ずかで士族の多くは無産階級へ転落していった。

濃尾大地震と鈴木提三郎の執念

一八九一年（明治二十四）十月二十八日の午前六時三十八分五十秒に岐阜県本巣郡根尾村水鳥地区の断層を震源地とする巨大地震、濃尾地震が起きた。余りの大きな地震で岐阜気象台の地震計の針が振り切れたほどである。マグニチュード八・〇、直下型で十数キロメートルに渡って地表地震断層が現れた。一九九五年（平成七）一月十七日の阪神淡路大震災のマグニチュードは、七・二、一九二三年（大正十二）の関東大震災のそれが七・九というからどれほどの大きさか分かる。

朝早く食事時だっただけに、火災が多発し被害は全国に及んだ。三十一日までの四日間に七百二十回の余震を記録し、全国で死者七千二百七十三人、全壊及び焼失家屋一万四千二百戸を数えた。岐阜県下の被害は元より大きかったが、県警本部の指揮で師範学校、中学校生徒全員と臨時に一部の監獄囚人を解放し救助と消防を手伝ってもらった。その努力もあって主な官庁と監獄、師範学校、中学校は火災を免れた。この震災で服役中だった鈴木提三郎は、仮出獄となり苗木に帰ってくることが許された。

震源地に近い西濃の大垣市は元より岐阜県下は、どこも無残な様子だったが恵那郡だけは大きな被害を免れた。それは花崗岩を地質とするこの地方特有の地理的条件が大きく影響したものとみられる。

提三郎は、余震冷めやらぬ荒廃した村々を通り過ぎてようやく苗木にたどり着いた。その目に映ったのは、思ったほど被害が少なく内心で
（故郷は壊れた家も少なくまずまずで良かったわい）

安堵したものの許せないのは藩政改革を強行した平田門の者たちであった。

（勝手に自分たちの物差しで測り罪人をこしらえ獄死や島流しをさせたり、旧士族を貧窮に追いやった罪は深い。これを断行した大参事の青山直道や小参事の水野忠鼎らは、十年間も牢につながれた俺に比べのうのうと暮らしてきた。

これをどこかで償《つぐな》ってもらわんと浮かばれんな）

腹の底から復讐の怨念が沸き上がり日夜、城下の上町に居を構える水野忠鼎の屋敷あたりをうろつき忍び入るすきを狙う提三郎だった。ある夜覚悟を決めて正門から堂々と訪れることにした。

「頼もう千葉提三郎と申す。忠鼎殿に目通り仕りたい」

玄関口で応対した下男らしき者が奥へ引っ込み戻るなり

「応接室でお目にかかります」

と会うことが叶った。暫くして背が高く白いあご髭が目立つ水野が現れた。二人が差しで会うのは初めてである。

「何のご用事でござるかな」

青山を刺しに襲った男と聞いていたから、警戒心をありありと見せながら水野が用心深く口を開いた。すかさず、提三郎が早口で

「この度の大地震で仮釈放になり苗木に戻ってきた。自分は十年間牢におったが、旧藩士みんなは、版籍奉還以来、ずっと貧乏暮らしをしていたと聞いておる。それというのもおぬし等が青山直道と組んで誤って版籍奉還をさせ無報酬のまま放置してきたのが原因だ。よくも今までのうのうと暮らしてきたもんだ。この償いをどうしてくれる」

水野は黙ったまま頭を下げている。

「黙ったままでは、わからん。俺の怒りも消えはしないぞ。どうだ、その代償として百円を出さんか。それが出来ないと言うんなら、おぬしの片足を頂戴するまでだ」

水野には、提三郎がゆすりに来たと分かっていた。

「そう言われても百円は浪人の身には大金でござる。暫く待ってまたのお越しを待ちしています」

「わかった、それでは一週間後だぞ」

そう言うなり姿を消した。水野は警察にこの一部始終を話した。七日後に提三郎が約束通り現れたが、張っていた警官二人にあっけなく捕まり復讐の怨念ははかなく消え去った。

青山直道終末の日々

一八九一年（明治二十四）、苗木藩平田門徒の先達者青山景通が東京麹町の富士見町に住む三男胤通に見守られ鬼籍に入った。一八九四年（明治二十七）四月四日、子爵遠山友禄が苗木で終わった。享年七十六歳、歴代藩主中では長生きであった。その後養子源三郎も亡くなった。

苗木の町では一時期給人格の上級藩士二十三家、中・小姓格の中級四十六家、徒士格の下級四十六家の百十五家を数えた。しかし明治二十年代後半には、給人格四家、中・小姓格十二家、徒士格十七家の三十三家と激減した。

東京に出た青山直道は、今だに新しい世の中に順応できずただひたすら尊王の念を一途に守り続けた。弟の三男青山胤通は、明治三十四年に東京医科大学の学長になり西洋医学の花形の学者として知られていた。直道は、平田先生著述の「三易由来記」、「象易」、「欽命禄」など易学に関する書物を熟読し門前に「易断所」の看板を掲げるまでになった。

こうした直道の行動は、親族一統に不快な気持ちを与える結果となった。

「苗木で大参事までなったのに、人の運、不運を占う八卦見《はっけみ》にまでなり下がるとは」

「露天で商売をするなんて、青山家では考えられぬことじゃ、恥ずかしい」

「頑固者の時代遅れだから、今の世の中についていけぬ可哀そうな男」

などの嘲《あざけり》の言葉が陰で交わされた。直道にとって明治の変革はなんであったか。答えのないまま東京・文京区湯島天神境内の隅に「易断　青山直道」の提灯を掲げ占いに使う竹の棒の筮竹《ぜいちく》を握り客待ちしている毎夜であった。

あとがき

私事で恐縮ですが、小学校五年生まで岐阜県恵那郡苗木町の苗木小学校に在籍していました。第二次世界大戦中で名古屋から父親の郷里である苗木町並松に疎開していたからです。男子の教師は徴兵されほとんどいないし、教科書、学習道具もなく何もかも〝ないない〟づくしの毎日でした。戦争が終わり苗木町から愛知県知多郡八幡町、現在の知多市八幡に移住しました。知多半島は、半島をぐるっと一周する知多新四国八十八ケ所巡礼の旅で知られております。

成人してからですが、苗木町付近にはお寺が全くないことと我が家も親戚一統も神道であることに気が付きました。それが廃仏毀釈の影響であることを知り、いつかは小説にまとめたいと資料集めをするようになりました。二年前、偶然に「苗木藩終末記」の書物に出会いようやく、念願を果たすことが出来ました。

今回資料を読み解く中で、平田篤胤の国学が苗木藩に与えた影響の大きさに驚くと共に、歴史の大河の中で今日の日本の原点にも触れる思いで言論、思想、信教の自由を尊ばねばならぬと心に銘じた次第です。平田国学神道は、馬籠に代表される信州の伊那・木曽谷では、村の本陣、庄屋、問屋などを務める民間の有力者が信奉者になりましたが、恵那・苗木藩では藩主を初めとした武士が門徒になり御維新に立ち向かったのが特徴です。

最後になりましたが『新編　明治維新神佛分離史料　全十巻』を、名古屋市立守山図書館を通じ名古屋・鶴舞中央図書館から借りることが出来ました。全十巻ですが、そのうちの五巻は、それぞれが厚さ約十センチもある大著でした。改めて日本の知的水準の高さを認識した次第です。

本作の文中に苗木藩所領の村の名前が多く出てきます。それで参考のために苗木城址・苗木遠山史料館　友の会発行の『新苗木物語　中世苗木の歴史ガイド』に載っていた苗木城領域の村名を付記しておきます。

恵那郡＝日比野、上地、瀬戸、上野、坂下、下野、田瀬、福岡、高山、蛭川、毛呂窪

加茂郡＝姫栗、河合，飯地、峯、下立、福地、中之方、切井、赤河、犬地、黒川、名倉、若松、廣野、打尾、油井、田島、徳田、成山、久田島、室原、大野、小野、寺前、吉田、有本、越原、神土、柏本、久須見、宮代、大沢、中尾、須崎、上田

参考文献

『新編　明治維新神佛分離史料　第三巻　第五巻　第六巻・東海編』編者　辻善之助　村上専精
鷲尾順敬（名著出版）
『幕末・維新』井上勝生（岩波新書）
『苗木藩終末記』東山道彦（三野新聞社）
『東白川村の廃仏毀釈』東白川村教育委員会
『遠山友禄』苗木城跡・苗木遠山史料館友の会
『苗木の廃仏毀釈』中津川市苗木遠山史料館
『苗木藩校　日新館沿革史』水垣清（図書刊行会）
『江戸幕府役職集成』（増補版）笹間良彦（雄山閣）
『古事記物語』福永武彦（岩波書店）
『新苗木物語　中世苗木の歴史ガイド』苗木城址・苗木遠山史料館友の会
『恵那郡史』岐阜県恵那郡役所内　恵那郡教育会
『口語訳古事記「完全版」』三浦祐之（文藝春秋）
『古事記』橋本治（講談社）
『蛭川村史』蛭川村史編纂委員会　岐阜県恵那郡蛭川村

安保　邦彦（あぼ・くにひこ）

1936年、名古屋市生まれ
南山大学文学部独文学科研究課程修了
大阪大学大学院国際公共政策研究科博士後期課程修了
元日刊工業新聞編集委員
元愛知東邦大学経営学部教授
愛知東邦大学地域創造研究所顧問

主な著書
『中部の産業―構造変化と起業家たち』（清文堂出版）
起業家物語『創業一代』、『根性一代』（どちらもにっかん書房）
『二人の天馬―電力王桃介と女優貞奴』、『うつせみの世　夜話三題－中高年の性・孤独・恋』、『見切り千両―平成バブル狂騒曲』、『旭川・生活図画事件』（以上花伝社）
『明けない夜の四日市』（人間社）
電子書籍『お願い、一度だけ』（22世紀アート）など多数

一万石《ごく》の夢の跡

2023年5月21日　第1刷発行

著　者　安保邦彦
発行人　大杉　剛
発行所　株式会社 風詠社
〒553-0001　大阪市福島区海老江 5-2-2
大拓ビル 5 - 7 階
Tel 06（6136）8657　https://fueisha.com/
発売元　株式会社 星雲社
（共同出版社・流通責任出版社）
〒112-0005　東京都文京区水道 1-3-30
Tel 03（3868）3275
装幀　2DAY
印刷・製本　シナノ印刷株式会社

ISBN978-4-434-31984-6 C0093

安保邦彦の著作

● **「二人の天馬　電力王桃介と女優貞奴」**
発行：花伝社
発売日：2017 年 1 月 25 日
価格：1,650 円（税込）

● **「うつせみの世　夜話三題　中高年の性・孤独・恋」**
発行：花伝社
発売日：2018 年 6 月 19 日
価格：1,650 円（税込）

● **「見切り千両　平成バブル狂騒曲」**
発行：花伝社
発売日：2020 年 05 月 27 日
価格：1,650 円（税込）

● **「明けない夜の四日市」**
発行：人間社
発売日：2021 年 3 月 22 日
価格：1,650 円（税込）

● **「旭川・生活図画事件　治安維持法下、無実の罪の物語」**
発行：花伝社
発売日：2022 年 04 月 07 日
価格：1,650 円（税込）